巴里ひとりある記

一个人的巴黎

[日] 高峰秀子 著

安素 译

广西师范大学出版社
·桂林·

小阅读·文艺

目 录

*Au bord de la Seine
j'étais seule*

塞纳河畔，我孤身一人
（题字　渡边一夫）

十月的午后

出　发

一

　　本来预备在晚上十一点三十分从羽田机场出发，

但接到通知说，香港那边有台风，飞机要到半夜三点

才能来。从傍晚开始，先是木下惠介先生，接着是高

峰三枝子、山根寿子，大家都一个个来我麻布的家里

道别。

　　十一点半，我把山根小姐送我的兰花别在胸口，

从羽田机场出发

坐上铃木崧先生（法兰西映画社^①）的车出发，去银座转了一圈，吃了告别东京的荞麦面。我不喜欢吃荞麦面，很少吃（一想到那长长的荞麦面滑进肚子里卷成一团，我就有点犯怵），现在要去法国了，钻进面馆的门帘，用日本人那种特有的哧溜哧溜的吸面大法吃了冷面这

---

① 1968 年设立的日本电影配给（发行）公司，2014 年申请破产。

些地道的日本小吃，吃得不亦乐乎。

到了羽田机场，木暮实千代、上原谦先生的夫人也来给我送行。在那里，又被困住拍了一堆营业用的照片。本来说很讨厌，已经想断然拒绝了，但慢着，这里还是日本，我还是个女演员……我还是捧着花束等道具，露出营业时的微笑，噼里啪啦拍了一通照片。

到了三点，飞机准点到达，我单手拎着一只小包，走向大大的飞机场。

感觉如释重负，我的脚自作主张，跳着碎步舞往前走。

我有点兴奋。我转过头，再一次挥挥手，走上飞机的舷梯。

小姐，旅途愉快……机长微笑着迎接我们。走进浅绿色的机舱内，美丽的空中小姐牵着我的手说："您的座位在这里。"客人中间，除了一个日本人（一个冲绳人，据说是大阪商人），其他全是外国人。我英语说不好，法语马马虎虎，连日语也不能说得尽兴。算了，接下来就跟云天相伴吧！

　　引擎轰隆隆发动了，飞机开始滑行。送别的人挥起了手臂。亲爱的亲爱的，越来越远的日本，我要暂别了，再见。

到布鲁塞尔
—

到达冲绳

下了小雨，还是闷热。旁边的冲绳人说了声保重，下了飞机。昨晚没睡着，浑身乏力。我一个人留在飞机里，机长来了，告诉我说，下去呼吸新鲜空气吧，休息时间有一个小时。我揉揉惺忪的睡眼下了舷梯。

我呆呆地坐在候机室，有旅客走过来，拿出不知是什么卡片，叽叽喳喳嘴里说着话。我根本听不懂，只能说声"Thank you",报以微笑。后来想起来,似乎对方是想让我收下卡片,去喝点东西。过了一会儿,一个冲绳人走过来,请我签名。我说了声"谢谢",恭恭敬敬低头致谢,躲进事务所的小屋子,周围叽叽喳喳,人头攒动,身边都是眼珠子骨碌骨碌转,纸和笔像雨一样降下。大家问我内陆的情况,又塞给我糖果和可乐,最后连旅客中的外国人也跑来要签名。看来凑热闹心理不分国界。飞机飞上下雨的天空。海真美。

白绿群青,海色秀美,《佐佐木小次郎》中唱过的冲绳歌谣在此印证。甚至激起了我的工作灵感,要是拍《小次郎第三篇》,就拍这片海色。

香港

香港整个城市像玩具模型,岛上骰子一般的房屋密密麻麻一直铺展到水边。岸边漂浮着好多活泼泼的舢板船。似乎是从冲绳得到了消息,一到候机室,所有的人都看着我。有穿中式服装的人，有穿夏威夷衫的人，各式各样。他们毫无顾忌，大大方方地在我身边走来走去，冲我微笑。我额头出汗，红着脸，疲惫不堪，耳边充斥着听不懂的口音，渐渐焦躁不安起来，在走廊里一个人坚持着，噘着嘴等着换乘飞机。一大半人在香港下了飞机，语言不通的我差一点混进了他们的队伍。有两个热心的美国人把事务所的人找来了，真是帮了大忙。飞机上的乘客似乎也很担心，这个傻乎乎的姑娘会不会迷路了，一直叫着我"小姐，小姐"，很照顾我。我只能嘴里不停说着"Thank you""Yes"，脸上挂着微笑回到飞机上。哎呀哎呀。

曼谷

晚上才到曼谷，好不容易到了，却看不到佛塔和棕榈树。在候机室，有一个颇有姿色的中年妇女，眼珠像上了发条一样滴溜溜转，又有一个像意大利版三船敏郎的男人，我和他们成了朋友。他们很照顾我，检查文件的时候，去餐馆的时候，他们都把我夹在中间，什么都帮我代劳，让我轻轻松松。意大利版三船先生要去卡拉奇，女士要去米尼科伊。女士之前在PX①买了《爱生气的女孩》的唱片②，大为称赞，唱给我听，我一边听一边心中窃笑。

加尔各答

在加尔各答，有人查了我的疫苗证明，在德里，穿着浅紫色衣服的人翻看了我的手提包。在《雨季来临》中见过的印度人，迈着枯枝一样的脚，像花林糖一样蜷缩着睡觉。不过，我有点累了。飞机上太冷了，可能会感冒，下去又热得很。上飞机，吃吃喝喝，睡觉；下飞机，喝东西，查文件，又上飞机，真是令人

① Post Exchange，军人服务社。
② 这是高峰秀子1949年发表的唱片。

在卡拉奇

厌倦。这时，有四个菲律宾人上了飞机。从羽田上来的客人，只剩下我们三个。

卡拉奇

在这里也检查了护照和疫苗证明，机场里禁止拍照，一会儿要把相机寄存，一会儿要去取，忙得很。从这里开始，我身边坐了一个酷似大力水手的死对头的人，还跟我打招呼说"哈罗"。比外表温柔多了。他问我："Are you Chinese（你是中国人吗）？"

这已经是第四回了。大概因为我长着一张圆脸，大家都当我是中国人，我回答说是日本人，他就大大吃惊，开始起劲，问我日本有没有彩色电影。我说去年我拍了一部，他就说自己也从事跟电影相关的工作，滔滔不绝讲起彩色电影的事。我已经怕了，就客气地说，关于电影的事，其实我不懂。

没办法，我只能一会儿看着窗外，一会儿装睡。

贝鲁特

在贝鲁特已经一半说法语，凉风习习，心情愉快。

米尼科伊

已经是十六日早晨了。在餐馆的小店里，摆放着印度人偶、啤酒杯。女士在这里下了飞机，我又变成孤身一人。不过，在候机室，有两个PX的工作人员，拿来咖啡照顾我（说是PX借调去伦敦，下周还要回日本）。我一个人晃晃荡荡去了地下室的盥洗室，洗了脸，又上来，哎呀，一个人都不见了。餐馆的秃头大爷慌慌张张，拉着我的手往外狂奔。飞机的舷梯已经撤掉，引擎已经轰隆轰隆发动了。差一点就错过飞机了。真是一场惊吓！

布鲁塞尔

　　六点到了布鲁塞尔。换乘的只有我一个人，怎么办呢？办手续的时候，一开始对方说什么完全听不懂，慢慢镇定下来，开始用记忆库里仅有的几个法语单词作答。幸好，顺利通过。

　　飞机八点出发去巴黎，我放下心来。经纪人把我带去餐厅，给我拿来三明治和咖啡，在露台上喝着咖啡，我的飞机来了。PX的工作人员一直在挥手。我又是一个人了。不过，我一点也不心慌。虽说我是个最难以忍受寂寞的人，却在露台上一个人唱起了《东京屋檐下》《蔷薇伦巴》。

回过头来，有三个女孩看着我，应该觉得我神经不正常吧。

在卢森堡公园里，我很喜欢这身黑衬衫搭配黑裙子的装束

在巴黎的公园里

到达巴黎那天

一

勒布尔热

我又换上了从布鲁塞尔去巴黎的小飞机，名叫赛宾娜。我吃了著名的新月形羊角面包，喝了可口的咖啡，一个半小时后到了勒布尔热。在银行把二十美元换成了法郎，拿到了厚厚一叠纸币和叮叮当当掂着没分量的硬币。

去往荣军院的巴士飞驰在街道上。车速太快，头都晕了。街上人山人海，白天开门的店在红砖石板地上鳞次栉比，老板娘模样的女人，都在手臂上挽着菜篮买东西。蔬菜、杂货，什么都有。红彤彤熟透了的樱桃和草莓堆得像小山一样，美不胜收。

到达巴黎

巴士进了巴黎城。看见了凯旋门，又看见了埃菲尔铁塔，啊，我在巴黎了。我心里对自己说。

到了荣军院站，我连忙寻找安排好来接我的丹侬夫人。那是已故大学老师的遗孀，我在心里把她想象成一个死板的老妇人。其实她是一位优雅摩登、爽快利落的女士。

在东京就认识的本乡夫人也来接我，全靠了她，一路上语言无碍。坐上出租车，我们去丹侬夫人在皮埃尔·尼古拉路的住处。丹侬夫人的家在类似东京本乡的大学城里。

那是一栋五层楼的公寓，装着老式电梯。丹侬夫人打开门，叫了声：唷嗨，Mademoiselle 高峰到了。丹侬夫人的母亲跑出来紧紧拥抱我，一脸高兴地跟我问东问西。给我准备的房间是二十平米带窗的房间，挂着好多日本画轴、复古橱柜、床、书桌、顶天的镜子，格调优雅。丹侬夫人说这里是日法会馆，因为喜欢日本，所以有好多日本风格的装饰。

我去泡澡，坐飞机的疲劳神奇地消失了，我准备和本乡夫人一起外出，到傍晚再回来。我们坐出租车，在香榭丽舍大道正中的漂亮商店前下了车。首先映入眼帘的，是开满大街小巷的肥腻粉红紫阳花。步行道走到一半，有椅子出现在面前，那是一家咖啡店，有上百把椅子，相当壮观。大家都面朝大街坐着。外国人，恋人们，美丽的巴黎姑娘……大街上人来人往，熙熙攘攘。每个人都不一样，五花八门，让人眼花缭乱。

巴黎正在举行两千年庆典，商店的橱窗争奇斗艳，各显神通。

　　我们走进店里，准备先吃中饭。打着领结的侍应生像一条鱼轻快地游到我们桌边。我们点了老艾尔啤酒和葡萄酒。店里也随处可见紫阳花。吃完了美味大餐，接下来是购物，我只有身上这身衣服，首先得置办一身和服。但是，每家店看起来都五彩纷呈，不知道去哪家买。

　　我在 Grand Magasin（像是百货商店，但一家一家商店林立，跟丸大厦里面差不多）买了灰色针织两件套。板着一张脸的老太太，一件又一件让我试穿和服，在我胸前装饰柠檬或是樱桃胸针，又给我试白色腰带、灰色腰带，不肯轻易放过我。接着是鞋店，脚踩方根皮鞋、身穿黑色制服的漂亮店员，热情地招待了我。我在这里买了灰色和黑色的鞋。鞋店前面，服装店的大橱窗真是华丽，晚礼服、名贵的帽子，让人不禁暗暗叹一口气。我们去了三楼，说想要找黑色的衣服。

到达巴黎的第一天，在香榭丽舍大道的咖啡店

　　这里的店员仍然穿黑色制服。都是三十到四十岁左右的女店员。她们马上迎上来，从四面都是镜子的橱柜里，魔法一般掏出好多黑色衣服。又把我带进小房间，一件一件给我试衣服。我选中的是没有任何装饰的缎子服，剪裁出色，很好地掩饰了我的臀部，穿上让我大吃一惊。店员们走马灯般走过来包围着我，像小鸟一样发出悦耳的称赞：好漂亮，好可爱。在止

不住的奉承之雨的攻势下，我有点怕了，紧紧拉住本乡夫人，溜之大吉。

一楼是帽子店。我买了洁白羽毛装饰的帽子，名为鸽子。这顶帽子非常可爱，仿佛两只鸽子在头顶接吻。戴上帽子，面团脸的我也在一瞬间便成了童话里的主人公。店员们又围上来说奉承话。

把其他店员也拉过来包围起顾客，原来法国人是这样卖东西的。女顾客就算知道是奉承，也不会觉得不愉快，他们的高明推销术让我目瞪口呆。

接着我又买了搭配黑色和服的手提包和项链，开始担心钱包里的钱了。

啊，以后的事以后再想吧，今天真美好。我们像圣诞老人一样背着许多战利品回到住处。晚饭我和老太太两个人吃，饭后在阳台上欣赏黄昏的埃菲尔铁塔。

巴黎的第一天就这样结束了。

和每天在卢森堡公园前卖气球的老爷爷合影

在香榭丽舍的费可咖啡店，和丹侬夫人一起进餐
我胸前戴着红色樱桃胸针，顶着一张娃娃脸

卢森堡公园前

雨中的咖啡店，穿着黑色雨衣的我

Mademoiselle
Soleil Montagne[①]
—

六月十七日（星期天）

早上九点，我睁开了眼睛。远处传来教堂的钟声。

啊，我在巴黎了——想起这一点，我在惊喜中从床上跳

起来——"Bonjour. Bien dormi？"[②] 老太太拿来羊角面

---

① 法语，日出山峰小姐。
② 法语，早上好，睡得好吗？

包、咖啡和水果。白天我和丹侬夫人及她的朋友一起去坐地铁。两人笑着给我看了车票。她们说，手头不宽裕，今天特地为了我买了一等票，平时不这样。

于是，我们又是换乘地铁，又是步行，我正在想，她们到底要带我去哪里呢？原来是万塞讷森林的动物园！她们简直把我当小孩看待。

因为是星期天，动物园里人山人海。有外地来的观光客，有带着小孩的上班族，还有走着走着吻作一团的恋人，根本没看动物一眼。跟日本的上野公园差不多，只是没有那么拥挤。

　　几乎所有人嘴里都说着小鸟一样的法语，跟动物说话，吃东西，呼朋唤友，热闹非凡。我们在公园里休息，吃了冰激凌和类似小白鱼干、三十厘米长的四方形小吃。回家的时候，我们又坐上了快得让人头晕的巴士，回到巴黎。虽说已经有过经验，但司机大声咒骂，车开得风驰电掣，还是让我的心脏一上一下。出租车大多是褪色的胭脂红，车顶是黑色。不像日本的出租车顶着一口锅，大多是历经风雨的旧车。私家车多半是小型车，黑色或灰色居多，几乎看不到美国出租车那种鲜艳的颜色。年轻的学生，大概是野餐归来，短裤后腰挂着篮子，骑着自行车像燕子一样掠过。

六月十八日（星期一）

从早上开始就在下雨。我一直坐在窗边呆望着窗外。没有人打电话过来，也没有访客，感觉就像是把自己还给了自己。我的房间在五楼，从阳台望去，烟雨中，远处的埃菲尔铁塔像幻影一般浮现。

窗外楼下就是聋哑学校的校园。我看见金发女孩在做着简妮·贝琳达[1]的手语。教堂的钟声又响起来了。

上午放晴了。我和本乡夫人一起上街去。在香榭丽舍的"牧歌"餐厅，我们淹没在粉红色的紫阳花花海里，吃着午餐。旁边桌子上是昨晚盛装打扮的法国小姐，坐在那里像完美的洋娃娃。有一位长得像京町子的美人，太美了，我不禁看呆了。她发现我在看她，微微一笑。哇，真是百媚丛生，真可惜我不是个男人。

走进香水店。店里摆着几百支试用瓶，店员一支

---

[1] 好莱坞 1948 年的电影《心声泪影》的女主角，是聋哑人。

一支让我们闻香水味。她的脸颊凑到我脸前，离我只差十厘米。她美丽的眼睛比起香水更让我迷醉，最后我买了瓶味道奇怪的香水。

大概是我来自战败了的日本，不知不觉对外国人过度崇拜，让洋娃娃一样美丽的人给我擦皮鞋，就会感到不好意思。

在巴黎，晚上七点以后就叫不到出租车了。人太多了，比起坐出租车，走路更快。到了九点还灯火通明，这时间，夜美人们该出场了。咖啡店户外的椅子上都是翘首等待的脸。

六月十九日（星期二）

下午去玛德莲路散步。Grand Magasin（百货店）装饰一新，都不知道门开在哪个方向。

橱窗是请专业人士来装饰的，如果随意触摸，会有人来说。人偶太可爱了，我呆呆站在原地看着，本乡夫人说："瞧你，难怪有人说你就是个小孩，还说要带你去动物园。"

最贵的是丝绸。店员只要说"这是丝绸"，带蕾丝的内衣，都没有标价一万法郎以下的。日本的缎子似乎触感更好。

在巴黎，坐上巴士更能饱览城市风光，但我嫌巴士太麻烦，最后还是坐上了出租车。出租车停在道路正中央，司机要么在看报纸，要么在打瞌睡。并不像日本，出租车在各处流动。客人说出自己要去的目的地，司机才慢慢点点头，打开车门。之前还慢慢悠悠，一坐上车，就开得飞快。司机之间为了抢道大声咒骂，一开始我吓了一跳，但这似乎是巴黎一大胜景。这里的出租车有日本相同厂家出产的计价器，再加上小费就好。小费也是非常麻烦，乘电梯要给二十法郎，去洗手间洗手要给十法郎，寄放行李要给三十法郎。要是没有零钱，简直寸步难行。

我七点钟回到房间，不久丹侬夫人就回来了。丹侬夫人跟她母亲两个人住。她干净利索，摩登大方，生机勃勃，又温柔优雅，和她母亲一起把我当小猫一样照顾。

昨天我说喜欢花，她们今天就买来了白色康乃馨，插在花瓶里。她和母亲一边看我买回来的东西，一边叽叽喳喳评论：在哪里买的，是不是买贵了。

能跟这个家庭生活在一起，我真是幸运。

六月二十日（星期三）

上午，我去拜访了驻外事务所的荻原先生。然后去了美容院。那是一个小小的美容院，美容师是男的。我说想剪童花头，他立马回答：Qui, Mademoiselle[①]。咔嚓咔嚓，我变成了金太郎。这下别人再叫我 baby 我

―――――

① 法语，是，小姐。

也无话可说了。在日本，我要是头顶这个造型走在街上，肯定会有人说："这个人疯了。"在这里，就无所谓了。街上走的有美人，也有歪瓜裂枣。街上五十岁的女人，也戴着优雅的帽子，涂着口红。她在华丽的橱窗前停下脚步，若有所思。第二多的是警察。呼呼抡着手里的白色棒子，相当亲民。有时怒骂，有时吹口哨，和出租车司机闲聊几句，交通管理好像完全不关他的事儿，一脸坦然地东游西荡。

八点半我和丹侬夫人约在歌剧院前面见面。歌剧院星期五女士要穿晚礼服出席，男士要穿简单礼服出席，当天倒是便装亦可。不过，丹侬夫人在午后礼服上又罩上了日本男士家徽大褂，显得隆重又端庄，我惊得嘴巴都合不拢。家徽大褂底下，露出高跟鞋，也是一道独特的风景。我们的座位在舞台头顶，很便宜。今天丹侬夫人请我，她也不是什么富人，这也无可奈何。不过，从上望下去，一览无余，金色和胭脂色交

歌剧院。左边是和平咖啡馆

相辉映的歌剧舞台，看得人心满意足。穿晚礼服的人，
穿毛衣和裙子的女学生，还有看打扮像是要去市场买
菜的老板娘，等等，都沉醉在优美的芭蕾中。如同电
影《天堂的孩子》里让-路易斯·巴特劳的台词，三
楼的客人，才是真正喜欢看戏的人。一楼穿着华服排
排坐的大多是游客。衣裳华美，音乐动听，十六岁和
五十岁的芭蕾舞娘像洋娃娃一样不停旋转。再来一次，
再来一次，幕布简直拉不上。

　　十二点才闭幕。我脑子里，淡淡的兴奋和拍手的

声音久久不散。

我们从玛德莲教堂坐地铁回到了卢森堡公园。

圆月美丽非凡。

六月二十一日（星期四）

白天，我和丹侬夫人、本乡夫人三个人在香榭丽舍的"牧歌"餐厅吃午餐。有一种菜，厚实，绿色，外形就像莲花，把花瓣一片一片剥去，涂少许酱汁，只吃根部。我马上爱上了这种菜，提议吃洋蓟，丹侬夫人给我取了个外号叫洋蓟小姐，她还叫我女孩，或者日出小姐（因为我的名字叫秀子[①]）。老太太叫我"猫咪"（法语中"高峰秀子"的意思是小巧名贵的猫……）或是"洋娃娃"。一次也没叫我"阿秀"[②]或者"高峰小姐"，让我松了口气，暗自窃喜。在驻外事务所，他们

① "秀"在日文中跟"日出"同音。
② 高峰秀子在日本的昵称。

也叫我"平山小姐"。真是多谢他们了。晚上，我和本乡夫人想找个有趣的去处，最后两个女人既没有去小酒馆，也没有去脱衣秀，商量好了去看夜场马戏。那剧场也相当豪华，跟世界上其他地方的马戏团一样，两个小丑讲笑话，转盘子，美女荡秋千，魔术，最稀罕的是牛仔的马术杂技，给奔马套上缰绳，骑在马上用手枪射击小气球，还有倒骑在奔跑的马上捡手帕，等等。最后是小丑弹吉他。观众也一起合唱，气氛十分融洽。

六月二十三日（星期六）

我去中原淳一先生和高英男先生的酒店拜访他们，但找来找去找不到。从香榭丽舍大道坐出租车，花了四十分钟才到。两位先生站在酒店外，衣服都淋湿了，在等着我。今天我也是第一次没有本乡夫人陪伴，一个人坐出租车。

从这里直走拐弯就是我住的地方

　　两位先生神采奕奕，仿佛回到了学生时代。东京话，巴黎话，我们一边喝着红酒，一边聊个不停。人家都说中原先生看上去完全不像有二十五六岁。这么说来，我不管走到哪里都被当成小孩，虽说有奉承的成分，但日本人在他们眼里看上去都很年轻，我们三个人不禁感同身受。

　　上到五楼，从窗户望出去，他们说，这前面是聋哑学校。哎呀，我家门口也是聋哑学校，我说。好奇怪，巴黎怎么有这么多聋哑学校呢，真是不可思议。原来并非如此，隔着聋哑学校，从那边就能看见我的住处。

尽管如此，我却花了四十分钟绕路，看来还真是夜深不知去处。他们请我吃了晚饭，又送我回家。不到五分钟，我的住处就出现在眼前，我们再次大笑一场。

十一点左右，朝吹先生打来电话，邀请我以后坐朋友学生的车去布洛涅森林。

坐在小车里，飞驰在夜色中，夜晚的协和广场、玛德莲教堂很美，霓虹灯闪耀，流光溢彩，更加美丽。

六月二十四日（星期天）

和中原先生他们去看轻歌剧。《蝴蝶夫人》。主角约瑟芬·卡马尔已经快五十了吧。发福了，不算美人，但歌声清亮，演技出色，令人惊艳。

我感动得流出了泪水。一直忘情地鼓掌。可惜的

是布景略显粗糙，怎么看都是中国风。道具破破烂烂，蝴蝶夫人的衣服也很寒酸，最后死的时候，屏风上挂的和服，腰带好好地缝在上面，真是吓到我了。手里拿的扇子，拿在手里不扇动感觉就会让人看出破绽，行礼的时候，也像中国人那样把手藏在袖子里。

歌剧的剧目每天都换，为娱乐外国观光客，每次都用同样的背景和衣服。没有政府预算，跟日本绚烂豪华的舞台布景不能比。一楼基本都是外国人，法国人都在三楼四楼遥遥观望。还是遥遥观望的人懂戏，叫安可的时候他们真的是兴高采烈，掌声如雷，让人心情愉快。

六月二十五日（星期一）

虽然驻外事务所的荻原先生邀请了，但就带着个人从东京飞来的我连衣服都没有。巴黎还有点冷，出去户外会着凉，我从一大早就在丹侬夫人住所附近转悠，想买一件外套。

晚上八点，坐荻原先生的别克车去布洛涅森林。加上联合国教科文组织派来这边的藤山爱一郎先生，还有本乡夫人，一共六个人。去了布洛涅森林以后，又去很高级的俱乐部吃饭。庭院里有变色的瀑布，室内是胭脂红和金色的西班牙色调。法国有很多地方可以见到胭脂红和金色。

墙上装饰着古香古色的壁灯、剑和旗子。

乐手们穿着晚礼服，女招待穿着红色制服，像燕子一样穿梭在桌子之间。晚餐结束后还有表演。意大利女歌手，法国香颂，西班牙舞，节目一个接一个，让人不禁感叹不已，最后的高潮是音乐。连大提琴都拿出来了，在餐桌间移动，有喝醉了的酒客想唱歌，就会伴奏。我恍恍惚惚的。沉醉叹息之间，三个小时过去了。他们把我送回了丹侬夫人家。

　　我的房间在五楼。坐上电梯，我的美梦还没有醒。忘了按电灯开关，电梯里一片漆黑。下了电梯，用手摸索着掏出钥匙，打开门。往前走，撞上了墙，往右拐，又撞上墙，那就是我的房间。我以为撞上的是墙，奇怪，我拿出打火机，但打不出火，这下完了，我进错了房间。太黑了。真可怕。救命！我赶紧跑去走廊。原来我进了自己楼下的房间。我奔上楼梯，总算进了自己的房间。这才放下心来。我不禁自己一个人咯咯咯笑出声来。

在拉丁区的咖啡馆

巴黎的丘吉尔会 ①

—

　　我和联合国教科文组织的藤山爱一郎先生、笔会的石川达三夫妇一起，去枫丹白露。

　　天气好得很，虽说是七月，但清风徐徐，天空碧蓝，感觉摸上去就会染蓝手指。

　　两位画家都准备过后画出一幅绝世名画，一路都

———

① 二战后从东京开始兴起的周日绘画兴趣会，因对丘吉尔的名言"要不画画吧？"产生共鸣而来。

在寻找素材。在车里就虎视眈眈盯着窗外的风景。

我们在一条乡间小道停下车，两位画家马上开始素描，夫人晒着太阳，我则拿出了照相机，虽说技艺不精。

曾经有一次，我参加丘吉尔会采风，去某个水乡，因为被人认出来了，别说画画了，给同行的会员也惹了不少麻烦。那种尴尬怎么也忘不了，从此以后，画画的心情就像风筝断了线，再也找不到了。就算跑到巴黎周边的乡下，也治不好我的阴影。

中午，我们在太阳伞底下吃了一顿愉快的午餐，参观了米勒的家。那是一个古旧小巧的民居，米勒用过的画架、椅子、调色板，都原样放在那里。

去枫丹白露途中的咖啡店

歌剧院后面，地铁口

巴士底日

巴士底日

今年的巴士底日，从早上就开始下雨。我去街上给公寓管理员买葡萄酒和花。但是，巴士底日那天白天，街上一个人也没有，真是寂寞。我想，大概是大家都为了今天晚上的舞会在养精蓄锐吧。

晚上，雨停了，日本的驻外事务所搬去了过去的大使馆，要举行一个欢迎会，我去了福煦大街的大使馆。宾客有百来人，一下子遇到这么多日本人，我有点张皇失措。后来，又和石川达三、藤山爱一郎、佐野繁次郎他们一起去郊外吃饭。然后开车在巴黎市里兜风。凯旋门正中央垂挂着三色旗，又投上了巨大的三色灯，旗子沐浴着灯光，在风中飘扬。那真是壮观无比！

协和广场的喷泉，巴黎人引以为傲的建筑，都照得雪亮。烟花升上夜空，像是在与黑夜争辩。咖啡馆的阳台上都站着乐队，站在大街上就可以跳舞。

这就是巴士底日的风景。战前是怎样的情形不知道，啊，花之都，梦想中的巴黎。梦中描绘过的巴士底日的热闹，在战后的今日，更像是身处梦境。现在的巴黎人，都为生活所困，再也没有通宵达旦跳舞的精气神了，这是真的。咖啡店里，一大半是外国人，走到哪里都是观光客，为外国人准备的设备发达得惊人，这似乎意味着什么。

巴士底日那天在蒙帕纳斯——为公寓管理员买葡萄酒和花

拥有古老的优雅，如今却像一潭安静的死水，这就是巴黎！不过，巴士底日却让人感到一种风暴前的平静。

巴黎男女

法国女人，除了少数瘦得像筷子的模特和女演员，大多都体型丰满，胖乎乎的。每个女人都费尽心机发散自己的女性魅力。腰束得高高的，臀线鼓鼓的，套装胸口装饰一束鲜红的樱桃，套装颜色大多是灰色、黑色。这么一来，就完全没有某某女先生、某学校的老师之类的女人。

这些女人，穿着高跟鞋，牵一只黑狗，开口发出小鸟一样的声音，在景色优美的街头散步，我就算不是男人，也觉得赏心悦目，不由得回过头观赏。

虽说法国人以黑为雅，也有很多人脏兮兮的。跟日本的脏不是一个程度。有人的黑衣服上都是泥水点，拎着破的手提包，脏脚上踩一双拖鞋，简直像是贫民窟跑来的。这样的人就算穿黑色，看上去也只是脏，真可怜。

法国男人，老爷爷的贝雷帽，年轻人的黑衬衫，都惹人注目。

某次，在报纸的采访里，我回答了关于巴黎女人的问题，我说她们很有女人味。记者就接着问：那男人呢？我不知道怎么回答，就说，我近视眼，看不清，以后要戴上眼镜，走路的时候多看看。引起一场大笑。

餐厅女招待

从蒙帕纳斯的著名咖啡厅"Rotonde""Dome"到"Dupont""Café De La Paix"，以及香榭丽舍大道的"Fouquet's""La France"，都是在二楼用餐。用餐时间之外，户外摆放了几百把椅子，客人们会选择点一杯啤酒或是一杯咖啡，坐上几个小时。在这期间，像燕子一样穿梭在客人中间的就是女招待们。

她们一般穿白上衣，系着黑领结。太年轻的不多见。

叫一声"女招待"，就有人走到身边，"来了，小姐!"她送来一个亲热的笑脸。

在高级餐厅，总有两三个领班穿着燕尾服，再有四五个手下跟着领班，穿着白上衣。燕尾服接待客人点菜，然后指挥自己的手下，菜来了，就在客人眼前像表演魔术一般分到盘子里（白上衣是没有资格担任这项任务的）。"请用餐，小姐。"态度十分恭敬。用餐途中，会问客人合不合胃口，盘子空了就会递上点心单，还会加葡萄酒。客人掏出香烟，就会飞奔过来点火柴。动作敏捷，赏心悦目，让人看了佩服不已。要修炼到这个程度得有几十年的修为吧。

他们都是气质优雅、有了年纪的人。据说其中有不少人很富有，只是喜欢干这个。

开自己的车来餐厅上班，是不地道的做法。每个

腰束得高高的
臀线鼓鼓的
费尽心机散发女性魅力

听说狗狗美容院很贵

人都很享受自己的工作，这一眼就能看出来。去餐厅看看这些女招待，也是一件愉快的事。

巴黎郊区

巴黎的郊区非常美。满眼是新鲜的绿色。

再小的农舍，窗户上也摆着红色的盆花，墙上匍匐着蔷薇。

罗丹美术馆"地狱之门"前

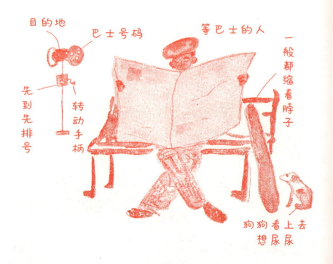

目的地
巴士号码
等巴士的人
一般都缩着脖子
先到先排号
转动手柄
狗狗看上去想尿尿

郊区就像童话国度。星期六星期天有很多人从巴黎出来，开车或是骑自行车、摩托车，杀到阳光灿烂的乡下。巴黎人大多住在公寓里，一天到晚晒不到太阳，男人一去上班，女人就会赶紧做好家务，把刚开始织的毛线、要缝的衣服、书塞进婴儿车，去附近的公园。

晒着午后的太阳，和孩子慢悠悠地游戏，一直到傍晚。

汽车太贵了，买不起，摩托车更方便。年轻夫妇戴着一样的帽子，穿着一样的毛衣和鞋子，丈夫趴在摩托车上掌舵，太太威风凛凛地坐在后座，咻地追着风奔驰在田野里也很不错，看上去比坐汽车更开心。

乘地铁要几法郎，坐巴士也要几法郎，太麻烦了，巴黎人宁愿骑自行车。所以自行车多得难以想象。年轻学生们骑着五颜六色的自行车，驮着便当，像小鸟一样飞往郊区。到了森林，大家都脱去大半衣服，在绿意盎然中打开便当，谈笑风生。巴黎人连聊天都快乐得不得了。尽管生活艰难，钱很少，他们知道怎么享受生活。让我不禁深思，生活的乐趣在哪里。有家庭的人，去郊外郊游，似乎更是不可少的乐趣。

巴黎的司机

巴黎的司机通常都是老爷爷。首先令人吃惊的，是他们之间会互相叫骂。巴黎的交通工具，有出租车、巴士、自行车、摩托车，等等，快得让人头晕，让人担心站在十字路口的警察会不会被轧到。出租车司机开车就像牛仔骑在马背上。

只要车蹭到一点，骂"笨蛋，猪脑子！"还算有修养的，司机们破口大骂，连乘客都会瑟瑟发抖。不光是在车里骂，还要冲下车，在路中间摆出气势汹汹的架势。手持白棒的警察脸带微笑看着好戏，简直像是电影里的一幕。不过，这只是他们的习惯性表演，似乎很享受这么做，怒气消了之后，一笑泯恩仇。

之前我在日记里写过，这些司机等待客人的时候，会停在路中间看报纸或是打瞌睡，这样竟然也能做成生意。告诉他目的地，他只是微微点头，慢悠悠收起报纸，然后出发。

巴士底日那天晚上，路上很乱，最后警察也不知到哪里快乐去了，在阔大的十字路口，汽车像身处旋涡，连环撞，哪儿都去不了。他们互相埋怨，齐声叫骂，狂按喇叭。连醉汉都跑出来维持交通，但似乎没什么效果。最后大家都哈哈大笑起来，不知到底是怎么解决问题的。这就是巴黎啊。想到这里，我一边微笑，一边望着窗外。

我从住处的窗外望向中庭

安纳西的教堂

—

八月一日

巴士底日结束后，巴黎人都开始休假。这次休假长达两个月。巴黎阳光不够充足，有个说法，在这里住三代会生出畸形儿，这里的生活也不是那么容易。在这个暑假里，要在太阳底下好好晒晒，把透明的苍白皮肤烤一烤，晒得健康一点，为冬季做准备。

所以，这两个月的假期，对人们来说，好好享受，悠闲度过，比什么都重要。一冬天辛辛苦苦赚来的钱，大多花在了暑假上。

在日本，有人为了交税而工作，已经够辛苦了，要是再来这么一出，那就简直不知道生存意义何在了。巴黎有很多人身体不好，多得让人吃惊。日本应该也有很多人身体不好，但大家都躲在家里，老人缩在被炉里，伺候盆栽，也不出门，平常看不到他们。在这里，大家都出来晒太阳。走一步能碰到五六个这样的人。

我在这边交了个朋友，叫山崎小姐，是个漂亮干练的女孩，母亲是法国人，父亲是日本人。她一个人在巴黎学习。今年她留在横滨的母亲也会来，她很开心。

她约我这个暑假去勃朗峰，我很高兴地答应了。去的前一晚，我住在山崎小姐家，六点起床。在里昂火车站乘上拥挤的汽车。有很多家庭带着体积庞大的行李。

七点左右，我们换乘上慢吞吞的小登山电车，肚子空空，总算到了阿让蒂耶尔。我们在车站前面的大

在勃朗峰

酒店里住下了。

巴黎这两三天都像东京一样闷热，我泡了澡，拖着疲倦的身体钻进被窝。

八月四日

空气无比清新，肚子饿得不得了。我和山崎小姐两个人，咕噜咕噜喝了好多葡萄酒，几乎脸贴脸了。每天光是散步和吃吃喝喝，短短三天，我们两个都肉眼可见地胖了。

穿着毛衣，趿双拖鞋，每天的散步都很快乐。树林间散布着五颜六色的别墅，还有五颜六色的帐篷，背包的登山客露出晒得焦褐的小腿，往背包里塞根长棍面包，兴高采烈地走在路上。

下午我们去了安纳西的教堂，从夏蒙尼车站开车四十分钟，爬着弯弯曲曲的乡间小路，美丽的教堂忽然出现在眼前。我从没见过这么不可思议的景象。教堂正面是绚烂的马赛克，据说是莱热的作品。

管风琴乐声从门内流淌而出，推开门，教堂里一片幽暗。其中鲁奥的彩色玻璃美得难以言喻。马蒂斯的韭菜小人般的教士，勃纳尔的圣徒像等，教堂尽显此地乡间质朴的建筑风格，这些装饰相得益彰。

教堂的神父是有识之士，他认为文化会进步，教会艺术由现代的美术家创作是理所当然的事，于是建造了这座教堂。参观过巴黎圣母院和圣礼拜堂的我，看到这座风格奇异的教堂，只能说大吃一惊。

八月七日

一天下了两三次骤雨。

勃朗峰下了大雪，十分美丽。冰川在日光下闪闪发光。登山客里面，每天有两三个人死去。有人从冰川滑下去，有人遭遇山难，不珍惜生命，似乎不单是日本人如此。

在我住处的阳台

索邦城的水池。说是水池，其实非常大。下照中有一排喷泉

在香榭丽舍大道的小坡上

在我住处的阳台

塞纳河的香颂

法兰西喜剧院

傍晚下了一场暴雨，一夜之间巴黎迎来了秋天。

秋风起，大栗树的树叶萧萧而下，果壳散落在路上。夏天里如死一般静寂的巴黎，一听到九月的秋声，忽然又热闹起来。店铺的橱窗换上了秋季特色，水果铺里摆上了葡萄和梨。歌剧院和法兰西喜剧院前面买票的队伍又排了起来。

剧院像小小的宝石盒，铺上了红色天鹅绒。我也看了《冬天的故事》（莎士比亚）。当当当当当当，叩击地板的六记闷响过后，幕布唰地升起。

我语言不通，真是可惜。不过，传闻不虚，的确是场精彩的戏。精湛的演技，实力相当的演员，有一种异样的风度，我有一种在日本看能剧时涌起的兴奋和感动。

像我这种电影行业的小丫头都有这种感觉，搞舞台剧的人看了，肯定更能品出味道，学到更多东西。

说到舞台服饰之美，那更是让我惊叹。背景从始至终不变，布景里只有窗帘、屏风和树不断变换，人物动作、服装颜色烘托出场面的气氛。

跟歌舞伎一样，这种经典剧目有其传统，但惊人的现场效果还是要靠表演的力量。

幕布降下，响起风暴一样的拍手声，幕布再次升起，演员一个个拉紧手排成一排，向观众席微笑，我

已经陶醉，都忘了拍手。法兰西喜剧院的演员们，在悠久的传统和规则中传递着生命，看着他们凛然的步伐，不禁为日本电影界的现状感到心寒，心里也开始翻江倒海。

塞纳河的香颂

物价真是太高了，最近，我都开始有些担心，看到价格眼珠子都要掉出来了。口袋比巴黎更早感到了寒意。

于是我去拜访了 A 先生。A 先生很是体谅，一看我的脸，就说，是不是钱不够了啊？我虽然不是藤仓修一①，还是机灵地回了话，向他借了钱。A 先生不光借给我钱，某天晚上，他夫人加上女儿夫妇还招待我吃了一顿。当晚吃的是煮牡蛎和虾，还有放了很多大蒜酱汁的浓汤。

我夸赞加了大蒜很美味，对方就说，再来一碗，给我盛了又盛，我好一段时间打嗝都有大蒜味儿。

吃完晚饭，已经十点半了。夜巴黎里，汽车咻咻飞驰，到了塞纳河岸边。

塞纳河上凉风习习，一艘小船孤零零地漂浮在水上。从窄梯上下去，打开船门，原来这是一个小小的

---

① 日本昭和时代的著名播音员、主持人。

船上咖啡馆。咖啡馆里美女绅士云集。只有木桶桌子上的蜡烛亮着。

烛光随风摇曳，大个头的珍珠烟灰缸泛着光泽。角落里有一个酒架，藤椅半旧，箱子上铺上餐布，就是简单的饭桌。客人却多得不得了。

甜甜的酒香，诱人的香水味，幽暗中美丽女人的脸如同人偶一样浮现。

有个人像是这里的老板，在和客人说话，他忽然站起来，取下挂在墙上的旧吉他，坐在高椅子上，开始唱歌。声音低低的，像是耳畔私语。应该是这个人自己创作的歌曲，好听得很。

月光照进支棍撑开的四方窗户。对面岸上的灯光摇摇晃晃映照在塞纳河上，船也在慢悠悠摇晃。那香颂也似乎在轻轻诉说这一切。

我忽然想到，要是在隅田川河畔开一家这样的咖啡店，会不会也很兴旺呢？日本人会喝酒喝到吐出来，也不会这么安静地听歌。在这里，不管多热闹，歌声响起的时候马上静下来，连放酒杯都不舍得大声。

大家都在心里一起歌唱。

我住的地方旁边也有一家夜店，有个黑人弹钢琴，他总是劈劈啪啪弹着美国的爵士乐。有一个胖胖的黑人大叔，他的歌声拼尽了全身的劲儿，让人担心快要唱破喉咙。

客人里面学生居多，有人和女朋友一起喝着可乐听着歌，有人一口口啜着一杯酒，盯着远方，独自发呆。美国来的学生像喝水一样喝啤酒，热火朝天地聊着天。不过，歌声响起的时候，身体都开始打着拍子，沉浸在歌声里。这里的啤酒小姐有时也和大叔轮流唱歌，不管唱什么曲子，都飘荡着一股淡淡的哀愁，唤起了从世界各地来到巴黎的学生们的乡愁。

我喜欢在面前放一杯本尼迪克特甜酒，远远看着这些听寂寞黑人之歌的学生。

我房间的一角

我的乡愁

我住的地方就在索邦学院旁边，是一栋五层的小公寓。我的房间就在五楼，从唯一的窗户可以看见一角天空。旁边和对面都是公寓的窗户。

坐在窗边，就能听到教堂叮叮叮的钟声。在下雨的午后，月色迷人的夜里，我呆呆地撑着脸颊，日本那些令人怀念的人就像香烟的烟雾一样忽地出现在眼前。

不可思议的是，只有那些我喜欢的人，像流星一样浮现。有些我认识，有些我都不认识……

内田百闲[1]——不管心情多差，只要读了这位老师的文章，心情就会奇妙地变愉快。

坂口安吾——果断击败了兴奋剂上瘾的伟人。满怀敬意。

井上靖——读了《漆胡樽》《斗牛》我特别喜欢他。在某本书上看到他的照片，是个美男子，我放心了。

太宰治——他死了。我不想劝他说好歹要活着，可是就这么死了……

SATO HACHIRO（佐藤八郎）[2]——最近很流行用片假名写名字，但写出来完全像两个人。说不上光芒万丈，也不是黏黏糊糊，更不是游移不定，对了，是

---

① 内田百闲（1889—1971），日本小说家、随笔作家，随笔诙谐有趣。
② 佐藤八郎（1903—1973），日本诗人、小说家，为童谣、歌曲作词，也发表幽默小说。

暖乎乎。用浅草的说法，就是——

十二楼和卫生博览会

热酒和冷菜粥。

就是这样的差别。

宫田重雄[①]——他有可爱的女儿阳子。因为有那样的父亲才有那样的女儿，还是有那样的女儿才有那样的父亲？就像是鸡生蛋蛋生鸡的问题。总之我很羡慕。我也想要一个那样的爸爸。

佐藤敬、美子夫人[②]。猪熊弦一郎[③]、夫人——这样的婚姻还真是令人羡慕啊。

入江隆子[④]——以前，我为了赚钱曾经去游乐园表演。那是战争中的事，我没有裙子，也没有布料，年轻的我陷入了穷途末路。那时候的入江小姐，把我的

---

① 宫田重雄（1900—1971），日本画家、医生。
② 佐藤敬（1906—1978），日本画家，他的夫人美子是声乐家。
③ 猪熊弦一郎（1902—1993），日本昭和时期的西洋画画家
④ 入江隆子（1911—1995），日本昭和时期的电影女演员。

旧裙子拆开，一个人一晚上，就做出了一件漂亮裙子。在东宝的演员室里，光秃秃的灯泡下，细细的银针，咔嚓咔嚓，她低垂的睫毛十分动人。

笠智众[1]——笠先生的手比一般人长。他的后脑勺平平的。他说起台词来口音非常有魅力，在耿直的吉五郎大哥[2]（小津安二郎先生）的电影里，就没有了口音，变得精神奕奕，真好。

山根寿子[3]——她的眼皮真薄啊。

眼珠子像洗过一样明亮。泪珠会忽然从脸颊滑落。真是幸福啊。

三井弘次[4]——三井先生像什么呢？

对了，像吃茶泡饭时搭配的腌鲑鱼。

三井先生是什么味道呢？

---

[1] 笠智众（1904—1993），日本著名男演员，曾出演《东京物语》等。
[2] 原文"キッチリ山の吉五郎親分"，秀子给小津取的绰号，形容人正直，从不犯错。
[3] 山根寿子（1921—1990），日本女演员。
[4] 三井弘次（1910—1979），日本男演员。

啊，是了。

牛排上涂的辣酱。

轰夕起子[1]……字写得特别好。戏也演得好。拍《细雪》的时候，我们扮演姐妹，她教了我关西话。我嫌麻烦，叫着，真啰唆，知道了！她一脸伤心地说，哎呀，小妹，你怎么回事啊！

菅井一郎[2]——来巴黎的前一天，他寄给我御所的腌海带，我每天早上起来，累的时候，寂寞的时候，想念日本的时候，都会放一片在嘴里。又咸又香的味道，马上在舌尖上扩散开来，把我感动得眼泪汪汪。菅井先生没想到是这种人！

灰田胜彦——灰田胜彦。灰缸胜彦。齿痛风邪彦。比起这些好笑的谐音梗，还是歌唱得好听。阿胜！

---

[1] 轰夕起子（1917—1969），日本女演员，代表作《姿三四郎》等。
[2] 菅井一郎（1907—1973），日本男演员、导演。

坂本武①——在彩色电影《卡门还乡》里，他扮演我的父亲。某一幕，坂本先生脸皱得像柿子一样，哭了。我感动得稀里哗啦。

越路吹雪②——阿越真棒！我是你的崇拜者。票价不贵哦。

看迪奥的秋季发布会

当下迪奥最有人气，这里的衣服价格都在三十万、五十万日元，要去看发布会，光是存钱也不一定有机会，我听了好多传言，诚惶诚恐去看展，以资话题。

秀场在酒店风格的建筑里，两位穿制服的女服务生，在沙龙门口傲然玉立。这时，穿黑衣服的美女，正在使劲搬出桌子。

打开邀请函对照姓名，发节目单，外国人要出示

---

① 坂本武（1899—1974），日本喜剧演员。
② 越路吹雪（1924—1980），日本歌手、舞台剧演员。原宝冢歌舞团首席。

身如修竹的
模特小姐

护照，那个麻烦劲儿，想去看个服装发布会也不简单。

我也接受了严格的检查，才让我上二楼。

　　穿过三个房间，拥挤的空间里摆满了椅子，客人大多是有闲贵妇，身边的丈夫就像是绿叶衬红花。他们看上去毫无兴趣，甚至有点意志消沉。夫人说："你看，那个好漂亮！"就要出去四五十万法郎。他们坐立不安也不是没道理。

正被香烟和香水呛得不行，铃声终于响了，模特总算出场了。蓝色、褐色、灰色、黑色，几十几百只眼珠都盯着。美丽的模特，就像不属于尘世的仙子，不带一丝微笑出现在众人面前。脸上不带一丝笑容，倒不是故作清高，而是为了展示服装。不能让衣服以外的东西夺去客人的目光，所以才从头到尾一张扑克脸。出色的剪裁、高明的设计、精致的装饰……模特穿着用名贵布料做成的美丽服装，轻飘飘地出场，轻盈地绕三个沙龙一周，然后又轻飘飘地消失。

在此之前，去让·巴杜的时候，首先价钱高得让我吃惊。"什么啊，再怎么说就是一件衣服。"我简直有点愤慨。我的穷人本性无处可藏，然而沉醉地看着美丽的模特，我也忘记了自己的贫穷。今天就当个局外人来看戏吧，我把眼睛睁得像碟子一样，盯着每一件衣服。

不过，模特走得很快，出场简直是电光石火之间。啊，身材真好，正在感叹之间，她已经走了，下一个

模特已经出场了。看客和模特仿佛在竞走。要是走得慢，恐怕会被外国人和无良服装商记下来，马上照葫芦画瓢。因此只给你看一个剪影。要是喜欢的话再来吧，应该是这样的用意。

颜色就是铁锈色和茶色的组合，还有黑色。黑色天鹅绒和不反光的羊绒的组合也很多。

衣服的名字也很有趣，"我好冷""黑咖啡""卡门"……仿佛能看到迪奥先生穿梭往来，手拿剪刀挥洒天才的样子。

有的贵妇人看得聚精会神，眼珠子都快凸出来了。有的贵妇人一边抽烟，一边不以为然。还有贵妇人钱是有的，在思索到底合不合适。丈夫在身边拼命憋住哈欠。"Beautiful……Very nice."还有美国女人在拍手。

越到后面，模特出入越像走马灯。"夜会""午后""波莱罗舞"，一个接一个，让人眼花缭乱。至少有一百件，后面就数不过来了。偶尔把目光转向窗外，秋天的天空一清如洗，凉风吹拂。头有点痛。好想开窗。时装秀正进行到最高潮。女经理的目光追随着模特，念出衣服的名字和号码，就像美丽野兽的驯兽师。美丽野兽们则亘古不变，面无表情，快速出场，场内转三圈，又隐入幕后。

应该一共展出了二百多件吧。最后出场的是一件婚纱，服装秀在一片掌声中结束，我也累得不行，筋疲力尽。

香水熏得我犯恶心。我按着胸口走到室外。

此时首先跳进脑海的是"啊肚子好饿"。我自己都吃了一惊。

看来，令人吃惊的是，不管何时，比起色相，还是饮食更接近我们的本性。秋风吹拂，我走在树叶簌簌作响的步道上。

去摄影所

我和达西拿电影公司的老板包尔文先生一起去摄影所。从协和广场出发开三十分钟车到了郊外。这个摄影所让人联想到京都的太秦摄影所，明亮又小巧。门卫的眼珠湛蓝，到处都是熟悉的摄影所氛围。小小的道具屋里，摆放着假花、刀，还有佛像，似乎在拍什么东方题材的电影。布景里面也和日本一样，满是灰尘。地面上走线，双重照明照得人眼花。摄影机相当古老。总的来说，器材比日本粗糙。那么有深度的电影是怎么拍出来的呢？我感觉不可思议。

我在达西拿摄影所

白天，我和导演、制作人、宣传部的人一起在带酒吧的小食堂吃了早餐。报社的人也来了，做了采访。我拿出磕磕巴巴的法语、英语，甚至日语也用上了，简直像笠置小姐①的歌，鸡同鸭讲，我的妈呀，真敢讲，我汗都出来了。

———————

① 笠置静子（1914—1985），日本歌手、女演员。"我的妈呀，真敢讲"是她的名曲《购物布吉》里的歌词。

我不知道怎么解释自己的姓名，实在没办法了，于是把拼写写在桌上的纸上，又画上山和太阳，告诉对方我的名字意思是"高山上的太阳"，对方终于说："懂了懂了！"但这么牵强附会，对方过后应该觉得很怪吧。

　　坐上回去的车，大家齐声说："Au revoir. Mademoiselle Takamine Hideko.（再见，高峰秀子小姐。）"发音太过清晰，我吃了一惊。

　　一九三一年，我在歌剧路的小电影馆里看了雷内·克莱尔所作的《我们等待自由》。老电影过了五年十年，本来应该让人产生一种看不下去的错位感，但这部电影十分优秀。

　　虽然是默片时代的作品，但技术精湛，旁白很少，音乐到位，整体流动着一种讽刺和哀愁。这是我最喜欢的电影之一，也是我最难忘的电影之一。

　　战后，电影里面装神弄鬼的东西，强人所难的东西，把人当傻瓜的浪漫桥段很多，我渐渐也不懂电影了。看了这部电影，我感动又开心。那里面的小配角，例如警察、蔬菜店的爷爷——在东京看的时候没有什么感觉，到了这里马上对上号了。

说是对上号，《奥菲斯》里，有两辆摩托车作为死神使者出现。在东京看的时候，也觉得很怪。在这里，总看到抓违章时，轰轰声震耳欲聋、飞驰而过的摩托车，这才恍然大悟。

谷克多喜欢用的"嘟嘟"的救护车声，一开始我也不解其意，不过，法国这个地方，现在所看到的东西应该好多年没有变了吧。

亚历山大三世桥

和皮埃尔·弗雷奈在《一个大老板》的拍摄现场

巴黎的素颜

—

　　出发时忙得头昏眼花。还没回过神来，已经到巴黎了，拖拖拉拉之间，已经过了五个多月了。时间过得真快。

　　巴士底日已经过去了，进入暑假，巴黎变成一座空城，直到九月，巴黎人才渐渐从乡下归来。利用暑假来巴黎游玩的美国乡下观光客也还在，现在的巴黎，膨胀得快要炸开了。

坐在咖啡店的阳台上，一边啜饮着"黑咖"（不放牛奶的咖啡），一边远望着人潮往来，七叶树枝叶微微晃动。

巴黎已是晚秋。天空蔚蓝如洗，七叶树树叶开始泛黄，人们开始换上冬装。我住在皮埃尔·尼古拉路，这是一条学生街，来往都是学生。有穿着红毛衣的美国少女，裙角翻动翩翩而过的越南人，一手拎着一袋葡萄边走边"噗"地吐出葡萄籽的黑人。卢森堡公园前的冰激凌车已经消失了踪影，只有旁边卖气球的胖爷爷一个人，在街角寂寞地看着报纸，晒着太阳。卖花老婆婆瘦弱的肩头盖着三角巾，手推车上有紫罗兰花束、一束五十法郎的玛格丽特雏菊，从玛格丽特的花瓣底下可以窥见天空。

到了傍晚，这位老婆婆，也会把长达四尺的面包放在卖剩的花上，不知消失在哪个街头巷尾。

这一带很多学生都自己解决食宿。放学路上，他们一手拿着面包，一手拎着用绳子绑起来的书，行色匆

自己开伙的女学生
从学校回来买了面包

黑色棉布衬衫

当下流行的美国风裙子

匆。傍晚出来买东西的老婆婆也拎着面包，蓄着小胡子、夹着公文包的绅士也抱着面包，人们在黄昏的淡紫色街道上，匆匆往家里赶。这也是巴黎不那么像繁华花都的一面。

我在这一带晃晃悠悠，去附近的俄罗斯餐馆吃饭。这家小餐馆在一条小小的后巷里，由一家俄罗斯人自家经营，很便宜。吃饭的时间，学校的老师、老实的学生挤满了餐厅，桌子都有十几张。

服务生大概就是这里的主人，穿着西装，服务态度非常周到。还有一个好像是店主的妹妹，总是穿着黑裙子，搭配白衬衫，系一条小围裙，脸带微笑，给店主服务生打下手。在招待客人的间隙，他们和从厨房出来擦着手的母亲，还有帮忙的妻子，跟客人在一个桌子上边聊天边吃饭。

有客人叫，就会回答一声"Qui"，把刚开始吃的面包放在桌子上，站起身来。

俄罗斯餐厅的女孩

完全是一个家庭氛围的餐馆，我很喜欢这里。

总有一只大牧羊犬，很守规矩地坐在那里，这家人一边吃饭一边跟牧羊犬说话，把它当成家庭一员。

巴黎有很多狗和猫，美人牵着走过香榭丽舍大道和圣奥诺雷大街的自不必说。不管走到哪里，都有人牵着疑似流浪狗的狗在散步，也有人小心伺候着光鲜闪亮的波美拉尼亚丝毛狗。

浑身上下一团漆黑的猫最多，往橱窗一看，它们像装饰品一样，两眼发着光，蜷曲在蔬菜铺的西红柿上，坐在路边拉手风琴的盲人爷爷脚边。这里不像日本那样欺负动物，每一只猫都很老实，抱抱它就会拿头来蹭。

前几天，看电影的时候，有一个短片，拍了各个地方的猫。观众也都嘴里赞着真可爱啊，看得很开心。

每天早上，我被教堂的钟声叫醒，打开窗户深呼吸一口气，心情好的话就出去吃早饭。没有目的，随意漫游，在某个小咖啡馆前停下，吃羊角面包配欧雷咖啡（加牛奶的咖啡）。

有时候，我也会在附近买来食物在房间里吃。面包店的胖胖老板娘，为人非常和气，只买一只十二法郎的羊角面包，也会打开门笑盈盈对我说"Merci Beaucoup"[1]。在食品店，我抱着大大的牛奶瓶，也会有

---

[1] 法语，非常感谢。

人跟我打招呼说"Bonjour，Madame"。巴黎的牛奶真是美味，我能一口气喝三合①。牛奶瓶里灌进新鲜的醇厚牛奶，再买来小甜瓜和葡萄，我的早饭只花一百五十法郎。

法国人一般只买自己那一顿要吃的量，绝对不会买多余的食物，买一个面包，一串葡萄都可以。蔬菜和水果放一天就会不新鲜，面包变硬了。结果还是浪费。我在日本的时候，买了太多糖，结果融化了。饼干会软掉，水果会烂掉，所以这一点倒是让我钦佩。不过，在银座的水果店，要只买一个桃子，还是需要勇气的。

这样去买东西，虽说便宜，但法国的物价是没有天花板的。总是一不小心就会想，今天就奢侈一把吧。涂上口红喷上香水，就去了高级餐厅。

服务生给我开车门，先给二十法郎小费。帮我放大衣，再给三十法郎。服务生倒酒，再给一百法郎。

---

① 合为日本计量单位，1 合约为 0.1 升。

早餐果盘——羊角面包、
果酱、咖啡、牛奶、葡萄

饭钱要两千法郎，再加上小费。肚子饱饱的，同时，钱包也空空如也了。

世界上再也没有哪个地方比巴黎更物价分明了。便宜又看上去好的东西，这种东西首先就不存在。某件东西一千法郎，稍微好一点的就要两千法郎，让人叹一声漂亮的要五千法郎，一眼看上去就让人动心的要一万法郎。

当然，巴黎有好东西。边走边看橱窗，眼睛就不知不觉养刁了，一般的东西都满足不了。最后还是买不起，但如果没有买到位，又会很不开心，只能靠毛衣和裙子混着。东西好就贵，这似乎是理所当然的事，但在日本，这么贵的东西难以想象。三十万、五十万的衣服并不稀罕，我就穿着一身衣服来巴黎，将近冬天容易感冒，还真是有点担心。

我在这里交了一个朋友，是一个日裔二代美女，叫山崎小麦（外号），她介绍我去做了套装和大衣。

那是在玛德莲大街一座楼房二楼的小小裁缝店。

这里的店主，是一个有着医生风度的老爷爷，也不跟客人甜言蜜语，一脸严肃。一工作就变得很疯狂。我准备穿着回国，用同一种布料做了灰色的三件套。价钱贵得我睁大了眼睛。

第一次试缝是用白色棉布取样。我被白布裹住，像个妖怪，看着镜子里的自己，不知会变成怎样。第二次，布变成了灰色，但是翻过来的，线脚全都露在外面。第三次，老爷爷笑着说，我做了跟你一样的模型，没关系了。

　　第三次、第四次试的时候，我每次都会被说，最近是不是瘦了，或者是，最近是不是胖了。真的像个医生，还真是好笑。根据我的胖瘦高矮，要把四粒扣子改成三粒，褶皱要不要去掉一根，纽扣特别染了色……事无巨细，我也只能听从大师指挥了。

　　老爷爷走到我前面看看，又从背后端详。他一边淌着汗一边忙得眼珠子都要掉出来了。我回过神来，问一声"您休息休息吧，累了吧？"他还在专心地量着

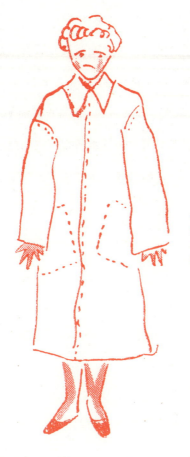

试缝衣服

我的上衣尺寸。

到底要修改多少次才能做好啊？

不过，那段时间，按响这家裁缝店的门铃变成了我的一大乐趣。高额的费用我也不那么在意了。现在，一周去试一次衣服，已经占领了我在巴黎的生活。

七叶树变得更黄，餐厅里出现牡蛎的时候，得个两三回感冒又好了的时候，我应该就能穿上那件灰色大衣了吧。

跳蚤市场、裸体与名画

那是七月十六日晚上的事。达西拿电影公司的老板包尔文先生带着我，去香榭丽舍大道上一个叫"首席"的优雅餐厅吃饭，我们旁边的桌子上，路易·茹韦跟四五个中年人一度热火朝天聊着天。

后来没多久，听到了路易·茹韦的死讯。报纸上说他是在舞台上死去的，广播里新闻说他是在车里死去的，传言纷纷扬扬。原来不管哪个国家，这种事都是流言满天飞。

我错过了观看茹韦舞台表演的机会，真是可惜，不时想起在"首席"餐厅看到的身穿黑色礼服、身材修长的他的侧脸，我在心中以自己的方式默悼着他的死。

十一月下旬，终于要暂别巴黎，去美国了，我想还是得攒点谈资，就去巴黎赌场转了转。果然这里值得大谈特谈。这里主要招待外国客人，同样的一出戏能演两年。像巴黎的宣传片，衣裳华丽，那才是原汁原味的法国康康舞。赌场确实在巴黎观光手册上占了一页，但这样的巴黎，我喜欢不上来。

像九连环一样弯弯曲曲的小路。小路两边，摆着遗失了盖子的小盒子、半旧的椅子、有破洞的地毯、掉了戒面的戒指、缺口的日本酒壶。这些都是卖的。

我去跳蚤市场见世面。这里的东西，价格都很美好，还可以半价买到，但这些东西，就算半价给我，

举行路易·茹韦葬礼的圣叙尔皮斯教堂的广场

我也觉得难以收下。少见的是枝形吊灯，在日本很少见的古老枝形吊灯，像水晶雨。

好多枝形吊灯像藤蔓一样从天花板上垂下来。还有名画仿品，画得好的，画得不好的，玻璃珠和宝石也鱼龙混杂。

店主大多是戴贝雷帽的老爷爷。在店门口放上椅子——应该也是卖的吧——一边拉着古香古色的手风琴，一边用令人惊艳的醇厚歌喉唱着香颂，那红褐色脸的老爷爷让人印象深刻。

漫无目的地走着，某家店门口嘎啦嘎啦的收音机，忽然传出嘎嘎的美国爵士乐的声音，我吃了一惊，双足仿佛飘浮于空中。

走来走去，都是差不多的店。店里的旧货，不知来自何方，曾经是谁的所有物，又不知如何流落到这里。我在遐想中晃晃荡荡。小偷，捉襟见肘的寡妇，拍卖场，老无所依的老婆婆，把踩了多少年的豪华地毯从地板上剥下的老绅士，把沾了泪水的项链从细腻的皮肤上拿开的贵族千金。越想越漫无边际。

似乎有各种各样的人声，从蒙积着灰尘的旧货中传来。

来巴黎以后，我还是第一次去卢浮宫。

卢浮宫太大了，光是看画，就会累得筋疲力尽。那有名的《蒙娜丽莎》，占领了一大面墙壁，占据了正中间，露出迷人的微笑。

每一幅都是精品中的精品。

这里，创作者的力量，在这巨大的卢浮宫里碰撞、争锋，让人感到一种压迫力。

不久前，我在获须高德先生的工作室，承蒙他招待，吃了一顿寿喜锅。好久没吃日本菜了。到了巴黎，我都死了心，也不是很想吃了。但一吃上嘴，怎么这么好吃啊，我简直震惊了。涂漆的筷子，敲一下发出清脆的"叮"的一声的饭碗，也这么令人怀念，真是开心。

在埃菲尔铁塔下，秋天，天空一碧如洗

沙特尔大教堂

这位卖蔬菜的老爷爷戴着高礼帽

对面能看见万神殿，我在巴士站

去参观香堤伊城堡

糖炒栗子和紫罗兰
的季节
一

巴黎已经晒不到阳光了。

两三天前，本来已经变成金黄色的行道树，也都光秃秃，整个巴黎包围在淡紫色的雾霭中，那是马尔凯画中的塞纳河的颜色。

每个街角，都飘荡着糖炒栗子的香味，还有"糖炒栗子，糖炒栗子"的叫卖声。晚上，从拉丁区的便宜电影院出来，买一袋三十法郎的栗子揣在兜里，在回家的路上大口吃着热乎乎的糖炒栗子，相当惬意。

新学期开始了，学生们穿着带风帽的外套，呵出淡淡的白气，精神抖擞地阔步走在久别的去学校的路上。

灰色的街上，唯一彩色的是花铺的摊头，成堆的紫罗兰像座小山，一束二十五法郎的牌子底下，摆着优雅的紫色花束。

说到花，比起晚礼服一样华丽的七叶树和丁香，我更觉得紫罗兰是代表巴黎的花。在花店的大橱窗里，送人的蔷薇花束，黄色的金合欢，大得有些笨拙的康乃馨，争芳斗艳，但在一个小小的角落，总有一群默默等待的紫罗兰，勇敢又独立，花椒粒般小小的，又火辣辣，我喜欢。

以前看过的名画《巴士底日》里，鲜花铺子翻倒在下雨的路上，那美丽的一幕浮现在我眼前。

去参观香堤伊城堡时

十月二十日

我去了巴黎荣军院接高桥丰子小姐。

高桥小姐像女共产党员一样，穿着黑色套装、黑色大衣，披着白围巾。她满脸笑容，我们决定先坐出租车到我住处旁边的尼克酒店，她在那里订了房间。

在出租车里，高桥小姐说："你在东京时很时髦，打扮得很漂亮。"说着端详我。难怪她这么说，我现在头发束得紧紧的，随便披了件黑色雨衣，看上去像个穷女学生。要是打扮得漂漂亮亮走在街上，就没那么快乐了，我还真是难改穷人天性。还是说，在这里，打扮漂亮也没有人看，所以也不想打扮了吧。

到了中午，我带高桥小姐去意大利之家。这里有很多便宜的小店，充满意大利风情，色彩鲜艳，氛围十足，我很喜欢。

我想高桥小姐应该也会喜欢，果真如此，我得意非凡。

我在圣奥诺雷大街的优雅香水店门口

高桥小姐周围，围着一溜儿人，中原淳一先生、高英男先生、黛敏郎先生，都把带来东京气息的高桥小姐团团围住。但是，他们也不擅长说话，只是羞涩地笑着，人人心中都觉得是旧友重逢。听到东京的新闻、高桥小姐说的事，他们争先恐后地回答："啊，我知道这件事，那个也知道，嗯，都知道。""哇，消息传得真快。"高桥小姐都睁大了眼睛。

高桥小姐津津有味地品尝着到了巴黎的第一杯红葡萄酒，跟我来这里的时候一模一样，她脸上，是那种安心又有几分兴奋的开怀。

留着漂亮小胡子的意大利人，抱着吉他，说了声"Bonjour"加入了我们，用美丽的嗓音在我耳边歌唱。到了巴黎最享受的一件事，就是街头歌手的演唱。在东京算得上第一流，在巴黎却满大街都是，真是令人吃惊。不论如何，高桥小姐到巴黎的第一天，看起来很满足，我算是放心了。

在卢浮宫的《胜利女神》前

十月二十三日

这阵子天气骤寒，我一直在担心"哎呀，不会感冒吧"，就真的感冒了。

要是往常，就算得了感冒，我还是忙忙碌碌照常工作，感冒就会自觉无趣，也从来不会发烧，这次我是有生以来第一次发烧。我现在算是孤身在外，于是慎重对待，老老实实地躺在床上休息。

我住的地方是个小公寓，不管什么时候出去都有东西吃。一直睡着恐怕会饿瘦，不过现在发着烧，我食欲全无，也就算了。（最近，我有点内田百闲先生的风范了。）

高桥小姐来了，我们聊了会儿天。高桥小姐似乎是勇敢地在街头用上了法语。男兵对女士十分客气，还会脱帽行礼，但要是不说几句法语，都办不成事。我吞了三粒药片，似乎太多了，骨头疼起来，出了一身汗。烧得不行了，在床上踢着脚，鼻涕流了一斤，喉咙都疼了。

黄昏时，送来了一沓信。

在卢浮宫的《蒙娜丽莎》前

那是新东宝寄来的，里面有三村哈利（摄影师）、阿藤（照明师）、阿泰（造型师）、神谷先生（录音师）以及场记们的现场照和问候。

东宝《佐佐木小次郎》的工作人员，也给我寄来了带着剧照的集体信，上面写着"巴黎的奈美小姐收"，稻垣先生、山根先生、大谷先生也寄来了令人怀念的信。从剧照上看，三船先生扮演的武藏，像牧羊犬掉进了泥坑，看起来有点狼狈。

我从小就在摄影棚里度过，所以现场的后台工作人员对我来说很亲切。电影界这地方，就像是特异儿童聚集地。每个人的独特之处，在工作中，在观众间，能否散发光彩——我们就是为了这一点一年到头忙碌个不停。一句话，虽然不是《二十扇门》[①]，摄影棚也算是个神奇的地方。不过，也有很多讨厌之处。拍电影，

① 模仿美国综艺节目《二十个文字》的猜谜节目。

我说不上喜欢还是讨厌，算是一项工作，摄影棚的气氛，有时让我有一种奋力追赶也追不上的感觉，非常讨厌，非常难受。但一旦投入进去，又有一种尝试过就停不下来的魅力。

虽然说我是明星，但我和大家一样是人。我也是一名工作人员，只是一部电影诞生过程中的一颗钉子，一股微小的力量。我是站在摄影机前被拍摄的一方，他们是拍摄的人、打灯的人，我们的差别仅此而已。拍摄好的成果，观众第一眼看到、最先注意的，是演员，所以演员责任重大。不过，只有演员一个人努力，也成就不了电影。

说到努力，经常会看到某位演员表演过于卖力，在电影中有些出戏，如果是这样的话，就算那位演员演技再出色，也不能算是好的表演。自己在电影中应该嵌入哪个位置，这是演员应该知道的常识。说起来有点像自鸣得意，机缘巧合，我在电影界已经这么过

在巴黎艺术桥旁边——塞纳河畔的树已经掉光了叶子，季节已是深秋

了二十多年，获得了很多人的关照，但关照我最多的，还是现场的后台工作人员。在这些后台人员中，也有人对所谓的明星特别看待，这让我最难受了。我总是想，大家亲亲热热的多好啊。所谓明星，无非是世人戴上有色眼镜看到的。现场的瞬间，才是真正活着的瞬间。人们常说演员不属于日常生活，但现在完全变成了不上不下的半吊子，都不知道如何自处了。我忽然一个人飞到巴黎，恐怕也是因为这些困扰不得其解。

　　不过，现在，手里拿着这些信，就像一个人散步时，忽然看到一颗美丽的流星，我的心不禁雀跃起来。在弥漫着灰尘和喧嚣，火灾现场一般的拍片间歇，大家还给我写了这样的信。大家都在工作，我却一个人躲到遥远的巴黎，无所事事晃晃荡荡，他们还给我写了这样的信。我好像扯远了，听说他们正在拍小次郎的第三部，啊，我想起了拍小次郎时的快乐情景。那里面的奈美，是我很喜欢的角色。常常有人问我："现在为止最满意的角色是哪个？"我会不好意思地笑笑，或是皱眉作沉思状敷衍过去，但我还是有自己喜欢的角色的。——《青梅竹马》里的美登利，《幸福的招待》里的战争寡妇，《卡门还乡》里的脱衣舞女，还有《小次郎》里的奈美。这次，来巴黎前，有人送给我《马》的海报作为饯别礼物，《马》里面的阿稻，应该算是我最喜欢的角色。那时真好，那应该是我最好的时代。那时候我想早点长成大人，有一股跃跃欲试的劲头，但长成大人还真是件无聊的事，长成大人就要无休无止地忍耐。我好像一辈子都没法成为那么厉害的人。

十月二十七日

布鲁塞尔的驻外事务所所长是与谢野秀先生，我在东京跟他见过面，到了巴黎，我也没怎么四处旅行，于是准备去布鲁塞尔找找他。

乘法兰西航空，一个小时就到了，与谢野先生来机场接我。他帮我订了"阿尔伯特第一酒店",据说宇野千代曾经在这里住过。

他介绍了一对年轻夫妇,姓小平,我们四个人一起出游。

这么美丽的森林,我从来没有见过。日本的森林绿得发黑,很是瘆人,感觉有鬼怪幽灵出没。这片森林里,好像住着七个小矮人和白雪公主,随时会带着小尖帽、扛着小斧头走出来。地上一片金黄的落叶,像巧克力包装盒一样。

布鲁塞尔讲法语和荷兰语,荷兰语就像是英语和德语的混合,"谢谢"说"当克油",矮人叫"莫里斯克",非常有趣。

我和小平太太在森林里唱歌。到巴黎来后我还是第一次纵情歌唱。一首接一首从嘴边冒出,音符像从嘴里蹦出来,我自己也很惊讶。

布鲁塞尔街道整洁。拿日本来比较,像是神户。

车子也和巴黎不一样，漂亮的新款汽车闪闪发光。商品丰富，让人目不暇接，水果铺里，模型一样的亚历山大葡萄堆得像小山，生活水平是欧洲一流的。

布鲁塞尔大广场是这里最美的广场，"鲜花地毯"（意思是蕾丝）真的像蕾丝手工一样精致，站在广场正中央向四周看，就像铺着蕾丝地毯。我总觉得梦里来过这里。

我看到了小于连像，平时都光着屁股，今天不知是什么纪念日，穿着蓝色水兵服，戴着白色海员帽，戴上白手套，仍旧在撒尿。这个撒尿小孩，有很多衣服，他的五十多套衣服里，还有日本武士披肩和柔道服，我还真想看看他换上盔甲和武士披肩撒尿的样子。

清澈的水塘里有天鹅游动，我们在水塘边兜风，一座红色的五重塔忽然出现在眼前，让人惊艳。这座塔曾出现在二十年前的巴黎某个博览会上，比利时国王喜欢，就买了下来。在比利时的美丽建筑中，五重塔伸出像仁丹广告上八字胡一样的塔檐，还真是有几分滑稽。

十月三十日

在小平先生家里，他招待我们吃了日本菜。

他家也是巴黎式的五层公寓，但没有巴黎那种光线不足的感觉，阳光从宽阔的窗户射进来。

大房间里放着床，还有厨房和浴室，两人过着很朴素的生活，但在日本也算是高质量了。太太还很年轻，个子高高的，是个美人，很是洒脱，像孩童一样天真，开朗可爱。小时候有人说她像我（这么说我也是个美人了，哈哈），后来生了病，又有人说她像竹久千惠子。现在又有人说她像灰田胜彦夫人。她说以前就是我的影迷。

我们三个人说说笑笑，笑得嗓子都快哑了，鼻子两边都要笑出法令纹了。她早就打算等我回去之后，睡个两三天（累了），还真是不得不服。

不过，我们两个人的话题经常海阔天空跳来跳去，小平先生总是摸不着头脑，无可奈何地看着这两个聒噪的女人。

晚上，说是米兰的斯卡拉歌剧团来演出，与谢野先生带我去看。演出的是《辛德瑞拉》。女主角长着一张马脸，但戏演得非常好。

十一月三日

我和中原先生、高先生、高桥先生，一起去砂原美智子小姐的住处。今天，她说要亲手做饭招待我们。门一开，菜香已经扑面而来，大家都不停抽动鼻子使劲闻。

她说，她从美国来到巴黎，现在在学唱歌。"首先，要纠正发音（全都纠正成法语），真是难。"她叫苦说。

她是日本首屈一指的歌剧女主，如今却在巴黎的小小角落，一个人拼命学习，真是了不起。桌子上，

笑出皱纹了

放着她独生女儿的照片，她把女儿留在日本。照片和她扮成《茶花女》的剧照放在一起，让人不禁眼眶湿润。

她豪情万丈地把所有的酱料扔进锅里，饭也煮得很好。我也帮忙烤用葡萄酒浸过的肉。餐具都不成套，大家也开开心心地围在桌子边，热闹得不得了。每个人好像都重回年轻岁月，叽叽喳喳，咋咋呼呼，像一群学生，后来还变得有些失控，简直像感化院里的瞎闹。

法语无法尽抒胸臆，大阪话、东北话都冒出来了，真是一塌糊涂。

又说又笑，倦了累了，十二点多，才互道晚安。

在夜里冷冷的空气里，埃菲尔铁塔顶上的红灯，和月亮靠得很近。

十一月十日

协和广场正在开意大利印象派的画展，我赶紧去看。有凡·高的《向日葵》等作品。我稍感兴奋，画跟彩色照片不同，颜色沉静，非常高级。展览现场人山人海，有年轻学生，也有中年夫妇。他们在画前长久驻足，愉快地欣赏。

我喜欢鲁奥，到巴黎来以后，也喜欢马尔凯。在巴黎生活过的人，能直接从他的画里感受到淡紫色雾的清冷，还有巴黎的气息。冬天的巴黎，我最喜欢灰色的塞纳河，在日本时，我是不知道这些的。

荻须先生有两幅画参加了秋季展。此前去荻须先生的公寓时，我就觉得很好，画的是小小的茶室庭院。

壁毯现在很流行，华丽又奢侈，我不是很想要。如果睡在挂着莱热壁毯的房间里，会做噩梦的。

来到巴黎，我才了解了美术的祖宗——教会艺术。圣礼拜堂和沙特尔大教堂如同镶嵌了宝石的彩色玻璃，巴黎圣母院、圣心大教堂的美丽建筑，这些东西，耗费了几代人才一砖一石建筑完成，宗教的力量真是令人敬畏。我没有信过任何神，一年到头都忙忙碌碌，说真心话，都没有时间去考虑这些事。也许，这也算一种"幸福"吧？不过，有很多人是基督徒，或者信奉神道教，或者是什么跳舞的宗教，都很虔诚。我是不是也应该什么时候了解一下呢？

到了巴黎，一个人散步途中无意进了教堂，静静坐着，某种无形的力量就向我袭来。还有很多东西，我一无所知。如果就这样逃走也就算了，但我不想逃走，我想了解更多，不管是多么细微的事。

十一月十日

东京的杂志社要打电话来，跟中原先生和高桥先生联系后，我们等着电话。本来说是一点，结果到了三点，才从海的那边传来"喂喂"的声音。

"我是阿胜。"熟悉的声音。"你还好吗？""嗯，我很好。""喂喂。""喂喂。""喂喂喂。""喂太多了，快说点什么啊。""喂喂，现在，阿秀你穿着什么？""现在穿着黑毛衣，毛衣哦，还有，黑裙子。外面在下雨，雨，在下雨，很冷。""啊，下雨啊，知道了，阿秀你的鼻子还是那么大吗？""什么啊，说这种无聊的话，不是浪费电话费吗？啊，电话断了，喂喂喂喂……"如此这般，真是鸡同鸭讲。

一直在对着电话叫，喉咙都干了，换了中原先

布鲁塞尔撒尿小童

生讲电话，我去喝水，还真是忙。三十分钟的通话，十五分钟在叫"喂喂喂"。打完电话，伸了个大懒腰。

十一月十六日

早上六点，木下先生从意大利打电报过来，说傍晚到荣军院。他四五天前打来电报，我就每天和黛先生、高桥先生去荣军院。不知道是不是飞机出了故障，也不知道是怎么回事，问了也不清楚，木下先生总没来，我一直很担心，这下总算放心了。傍晚时候，他总算到了，我们来接他他很高兴，满脸笑容。

果然是飞机出了问题，不得不降落在阿拉伯的沙漠，然后又换机，去了意大利，在意大利整天吃通心粉。到巴黎的路上历经波折，他都想掉头返回日本了。不过总算平安到达，还真是可喜可贺，可喜可贺。

十一月十八日

木下先生在东京的送别会上吃坏了肚子，到了巴黎从早到晚喝葡萄酒，已经陷入温柔乡。

我和黛先生去酒店看他，他瘦了一些，躺在床上，看到我们的脸，就马上跳起来："走吧，出去玩。"转眼就换好了衣服。我们去了我最喜欢的蒙马特高地，圣心堂照得雪亮，飘浮在星空中。

煤气灯影影绰绰……便宜小酒馆的揽客人，冷得缩起了肩膀。

我们三人的脚步声，啪嗒啪嗒敲响了凹凸不平的石子小路。

木下先生似乎已经完全爱上了这里。"这里好，那里也可入画，我从这里开始拍。"他已经沉浸到工作的灵感中。

"啊，真美啊，我想带某个人来，还有那个人，没见过这种地方就死掉，真是白活了。我一个人看，真是浪费。"他滔滔不绝。

我们三个人站着喝了咖啡。木下先生一手拿着咖啡单，排着队，斜戴贝雷帽，脸像孩子一样开心。嚼着炒栗子的木下先生，吸着中国面的木下先生，不再是著名导演，变成了我们亲近的小伙伴。

不过，像这样三个人挽着手走在巴黎的街道上，有点不可思议，就像是卡门去巴黎。

再见，巴黎

十一月二十一日

和高桥先生、木下先生见完面，我在巴黎又多待了几天，都忘了钱包里装的是什么了，我也该出发去美国了。

从早上开始，我就跑去洗衣店、鞋店、邮局（都得靠自己跑），又忙着打包行李。在一个地方住了半年，也积攒了不少零零碎碎，很多都难以处置，到底怎么

在欧洲最古老的贸易港

布鲁塞尔大广场的花店

把这些塞进两个大包里，真是让人束手无策。

晚上，驻外事务所所长荻原先生请我吃饭，在Prunier吃了最后的牡蛎，然后又去看了法兰西轻喜剧院的演出。叫*Donogoo Tonka*[①]，背景换了二十个，节奏很快，很有意思。

雨中的协和广场很美。

十一月二十二日

就算到了今天，即将出发的时间，我也没有一点将要离开巴黎的实感。说起来，来到这里的时候，我也没有"到外国来了"的感觉，光是傻乎乎的。

这就是巴黎的妙处吧。

也许，我将不会再次来到巴黎，今夜，我离开巴黎，但是明天后天，我的灵魂将仍然留在巴黎。如果

---

① 用摄影布景构建出的一座幻想之城。

再次来到巴黎，巴黎也会极其自然地将我拥入怀中。

这半年时间，巴黎给了我安静的自由，送给我无数回忆。巴黎，我一辈子也不会忘记你。

傍晚去荣军院，在东京认识的朋友，在这里认识的朋友，都来给我送行，我就像在演一场戏，嘴里说着"那，我回去了，再见"，呵呵笑着跟他们告别。

飞机晚点，半夜一点才出发。山崎小姐，还有年轻的画家毛利麻米，二人就像送给我的两束花一样美好。

飞往美国的飞机，从静静沉睡的巴黎出发。我心里，还有一束紫罗兰在摇曳。

巴黎，再见了。

明天我就在美国了。"美国真好，我最喜欢美国，啦……"我想起笠置小姐的歌。

是好是坏，不去看看还真不知道。累了好几天，我脑中蒙蒙眬眬嘀咕着，不知不觉睡着了。

美国漫游记

　　到了美国，因为护照问题，马上去了埃利斯岛。出来后住的酒店就在百老汇正中间，一晚上嘈杂不堪，我都没睡好觉。总之美国的这趟旅行就像一连串快放镜头，都没有什么特别印象，就像是为回日本后的种种忙忙碌碌预热。

　　纽约的街头，仿佛用放大镜在看冰凌，第五大道上高级商店鳞次栉比，大百货商店进去了就会迷路。

一边喘着粗气一边到处跑，打个嗝冒出的都是可口可乐和三明治的味道，走在路上满眼都是歌剧海报。

美国就是这么生动泼辣，光鲜亮丽，干净友好，一切都高效有序。我一直都是个别扭的人，不肯轻信别人的话，但这次用自己的三角眼亲眼看了，才不得不相信。

不过，这里的人总是忙忙碌碌的。进餐馆，做饭的人和吃饭的人简直像是在赛跑，走在街上晒晒太阳欣赏橱窗，简直没有这样的空暇。没有人阻拦你这么做，但就是做不出来。人人都匆匆忙忙，每天都像背后有人追赶。

路上车太多了，光鲜闪亮的大个头汽车颜色各异，堵在一起，不知何时才能到达目的地。有急事的话，就不要坐车。停车位找不到，停好车也要走两三百米，有些付费停车场一个小时要五十美分甚至一美元。

倒不是我小气，坐上出租车，也会想跳下来逃走，下了电梯，还要飞奔上台阶，简直搞得人心慌意乱。

正好赶上圣诞节大减价，人潮又比平时更汹涌，我如果住在这种地方，我这乱糟糟的脑子一定会更加混乱，说不定会当场猝死。

月丘梦路小姐在这里学习，来酒店看我，她说自己在"学芭蕾、唱歌，还有英语"。看见她落落大方、从容自如，我更感叹，她还真是神经强韧。在纽约待了一周左右，又慌慌张张关上箱子，去了华盛顿某位日裔二代朋友家。

虽说不远，坐了几个小时火车，又坐了几个小时飞机，屁股都痛了。华盛顿的天气跟日本相似，街上很安静。我的朋友广子夫人在这里结婚，生了个小婴儿，一家三口住在公寓里。

公寓虽然小，家里也不算富裕，不过暖气也有，厨房干净，热水齐备，洗衣机、电视机都有，购物就开车去，这样的生活让我大为羡慕。广子要陪我，又要陪孩子，还要陪老公，又要做饭做家务，忙得不可开交。不过，在大食品店，推着小型婴儿车一样的购物车，把购物车堆得像小山一样满，最后算好总账，开车运回家，把冻得像石头一样的肉扔进微波炉，就能做出美味的牛排；打开罐头，再次扔进微波炉，出来就是松软的面包。打开罐头（我真啰唆，又来了），加进三杯水勾兑，就有了好喝的橙汁。店里卖的蔬菜都洗得干干净净，太方便了，简直让人不适应了。

竹久千惠子已经是三个男孩的妈妈，住在华盛顿，我和她见了两次面。好久不见，都不知道说什么好，"千惠子真是瘦了不少""阿秀你胖了"，匆匆忙忙聊了几句就告别了。

从华盛顿到洛杉矶，坐了十二个小时飞机，到的时候已经是夜里了。在这里，报纸采访的闪光灯闪得我直眨眼睛，到法国和美国，我都没有提过自己是个女演员，自己都忘了。接我的人簇拥着我，我胡乱回

在帕萨迪纳，我住的亨廷顿酒店

答着问题，还绊了一跤，差点摔倒。接我的人带我去了酒店。

那是帕萨迪纳的亨廷顿酒店，很像箱根，能听到猫头鹰的叫声。来这边工作的《电影之友》的淀川先生，在洛杉矶做摄影的冈本先生、林先生，和我聊到很晚。

我转头一个人回到宽敞的两室房间，睡了个懒觉，早上去餐厅，身边都是有钱老太和老头，安安静静，一点也不吵。他们用奇怪的目光看着我一个年轻姑娘傻乎乎地嚼着早餐。

在 RKO 的餐厅吃饭，斯坦伯格先生[1]头发花白，像一个慈祥的父亲。他问了我很多日本电影界的问题，见识有限的我回答得颠三倒四。

吃完饭，他开车带我到处玩。他只是静静跟在我们身后，让我们自由行动，真有点不好意思。

---

[1] 约瑟夫·冯·斯坦伯格（1894—1969），美国导演。

RKO 广播工作室，和斯坦伯格先生、大泽善夫先生在一起

在华盛顿的林肯纪念碑前

农夫市场，墨西哥城，高级百货店，斯坦伯格先生在某家洗衣店前停下车，说"等我两分钟"，然后抱着衣服回来了，说了声"久等了"。典型的美国场景，让我吃惊以后又佩服。

冈本先生他们带着我，开车去旧金山游玩。在长滩玩了跟弹珠差不多的玩意儿。十美分的棉花糖，比我的头还大，都不知道怎么拿。在闹市，模仿"热狗、汉堡"的叫卖声。在圣-胡安-卡皮斯特拉诺，被白鸽大军追着哇哇大叫。每天玩得不亦乐乎。

回程中，经过夏威夷，因为机票的原因没能住一晚，很可惜。两小时的停留时间，拜托在日本认识的中野先生、松尾先生，还有其他几位先生，匆匆忙忙四处看了看。在一个有池塘的餐厅柳亭，他们请我吃了好吃得不得了的沙拉，我埋头在许多美食里，最后坐上了去日本的飞机。

在洛杉矶的鬼镇，
两边都是泥人偶

和德川梦声对谈

—

两个阿秀

梦声　你离开日本多久？

秀子　七个月。

梦声　七个月的时间，有没有感觉日本有什么变化？

秀子　一直以来，我对工作和其他事，都顺其自然，这次回来，是想认真工作，谁知大女主武打剧和弹珠盘这么流行，还真让人不舒服。

梦声 这么说来，七个月前，还真没有弹珠盘。

秀子 流行的东西还真奇怪。虽说我也去试了试（笑）。大女主武打剧我还没去看。说不定我也会去拍，所以也不能说太多坏话。去法国的时候，我也没有大肆声张。回来后人家问我："去干什么了？"没什么特别能拿出来说的。我也不是去工作的。

梦声 总之，去了七个月，就算不想声张，也肯定有所得吧。

秀子 我去法国，有很多原因，要说最大的理由……

梦声 好像在某本杂志上提到过。

秀子 就算我不去想，其他人也会帮我想（笑）。

梦声 是啊。如果觉得高峰秀子就是属于自己的，那就大错特错了。其他人有他们的高峰秀子。

秀子 就连阿秀也变成大人物了（笑）。有流言说藤山爱一郎先生出钱让我去法国，那我也太了不起了，或者说他太伟大了（笑）。

梦声 藤山先生倒是像会为这种事出钱的人。

秀子 真难受。我不在会有人说闲话，在也会有人说闲话。

梦声 完全没有人说闲话也不是好事。

秀子 但是，有人说闲话我就会在意。我可是个弱女子。

梦声 有人说我闲话，我也会在意，我也是个小男人（笑）。我渐渐也意识到，在意是正常的。

秀子 打弹珠也是这样。就算拼命打也中不了，就算别人看不上，我还是会拼命去做。

梦声 语言这种东西，有生猛的威力，就算是低能儿，他说的话也会有影响力。更别说那些当新闻写出来的人还不是低能儿，还是让人在意的。但是，传这种谣言到底是出于什么动机呢？

秀子 其实跟谁都没有什么关系。我做这一行已经快二十年了，这二十年，一直在工作，从来都没有任性过。女演员的生命短暂，我应该也已经到天花板了吧？不知哪一天就不能再干了，就算不完全隐退，也会陷入窘境。女人就是这样的。女演员这一行做长了，却一无所获，也没意思。虽说有些感性，我就想去旅行一趟，留下人生中的回忆。我当时是这样想的。

梦声　原来是去制造回忆的啊。

秀子　对。没有人记得没关系，只要我自己想起来开心就行了。要是没去成，现在也去不了了。钱方面，要一大笔钱，我还没有这么多钱随便花。之前我是卖了房子去的。回来后，现在就没有地方住了。不过，还有人来找我对谈，房子应该能再建起来（笑）。还有，我还有点人脉，能收到些邀请函，我也去出席了好多活动。

梦声　原来如此，这才是真相。市面上流传着好多传说呢，他们都不清楚。

秀子　我也是……听说了好多"内幕"，自己都吓了一跳。

梦声 总之，在我们这里，除了我自己，还有另一个德川梦声在市面上流传。那个人好像是个独立人物，也有自己的活法（笑）。那个梦声，好像才是市面上认可的真正的梦声。

秀子 我也不想再叫高峰秀子了，我的本名叫平山秀子。仔细想想，名字其实是无所谓的，但我就是很在乎这些事，真讨厌呢。

梦声 你还真是经常厌倦啊。

秀子 这次，我本来是想着不能再厌倦，所以回来的。

梦声 这倒不是奉承，因为阿秀很认真，所以才经常厌倦。世人塑造着自己心中的高峰秀子，阿秀出于生活上的需要，多少要配合他们，这样更轻松。但有时候，也会厌倦这样的自己。

秀子 是的。比起平山，还是当高峰好处更多（笑）。所以，我才那么在意。所以其实也不一定要去法国，比如去丘吉尔会画画也可以。不过，我就算去丘吉尔会画画让自己开心，也做不到。有人会来拍照片，会在旁边窃窃私语。（笑）连这种小事，我都没办法做到。所以只能逃去外国了。

巴黎的借住生活

梦声 只剩下逃走这个办法了，想品尝一下不被人打扰的滋味。我因为年纪的关系，晚上睡不着的时候，就经常会思考活着这件事。一般人都会觉得这件事理所当然，不会深思。睡不着的时候，我会把被子盖过头，想着"我现在活着。确实存在着。嗯——"感觉很不错（笑）。

秀子 那可有点危险（笑）。别人听到要担心了（笑）。

梦声 总之，就是想借去法国的机会解决这个问题。

秀子 就算不是法国，哪里都行，从结果上来看。所以别人问我关于法国的事，我都说得颠三倒四。我在法国期间，都是一个人，过得自然而然，都忘了自己是个女明星。所以，回来的时候，到了夏威夷，忽然吓了一跳，报社的人都来了。在法国，我会一个人四处游荡，边走边吃，我很喜欢这种自由自在的生活，总是脸带笑容。到了美国，纽约、华盛顿、洛杉矶，离日本越来越近，也听到越来越多闲言闲语。在夏威夷，报社记者都拥过来，我已经受到惊吓了。

梦声　在法国的时候，没有这种事吗？

秀子　刚到的时候，说是东方的女明星来了，也有很多报社来采访。不过，这只是因为异国来个了头发和眼珠都是黑色的女明星吧。不管是谁都无所谓，就是物以稀为贵。早上八点开始，就有人打电话过来。我不懂法语，就请住宿的地方的老婆婆帮我回绝了。他们比日本的报社更积极。去服装店，有人拿着我的新闻剪报，过来问："这是你吧？"店员态度就不一样了。拿出来的衣服也不一样了。这些都很讨厌。我会觉得，原来不管在哪里都一样（笑）。

梦声　一直陪着你的人是谁？

秀子　没有人。不过中原（淳一）先生在，他要工作，我就是每天东游西逛，不好意思老去打扰他。

梦声　在巴黎期间东游西逛，是怎么个逛法？

秀子　我借住在一个公寓。索邦学院的某位老师的遗孀，和她母亲两人生活，我住在她家。地点是在拉丁区。据说渡边一夫先生学生时代在那里度过。里面挂着日本的画轴，对面是"日法会馆"。应该算是很照顾日本人，但身边都是法国人，我又不懂法语……不过，对方很善解人意，我稍微有点不乐意，就很理解我。那位遗孀和她母亲对我很亲切，让我觉得很温暖，并不孤独。老太太把我当成了她自己的女儿。不过，也有不开心的事。感冒了躺在床上，要洗衣服，要扫地，以前不用自己干的事也做了。不过，我很庆幸去了一趟。说句不好听的话，普通人之间交往能有多亲近，我以前都不知道。我很想尝尝这样的滋味，在法国这段时间才体会到。

梦声　在阿秀看来，有很多人是因为你是高峰秀子才跟你亲近吧。

秀子　正是如此。在日本肯定不行。就算我不再当女演员了，去当个老板娘，不管是好是坏，也会有人对我另眼相看。所以，我只能去外国，忍受一些不方便。在索邦的学生街上晃晃悠悠，进店里买东西，有人会问我："你从哪里来？"那种时候，我就很得意（笑）。真好啊，下次再去之前买过东西的店，还有人会问我："怎么样，最近好吗？"

梦声　这也算是一种学习啊。你就是想知道，人和人之间，怎么单纯地交往。

秀子　比如，在这边我去买东西，我喜欢花，虽说家里很乱，还是想买点美美的花。因为是我，有些花店就会卖高价，或是便宜卖给我。没有花店会把我当普通顾客。真是无聊啊，一年到头都是这样。

梦声　我们去政府部门办事，也有人知道我是梦声，就对我特别关照……这种事很多。也有人故意露出恶意。因为这样，会有一个梦声飘起来，神气地说："这样下去可不行。"

秀子　真的，就希望大家把我们当普通人。

梦声　在新加坡的时候，去有日本军队的地方，也会有人指指点点。我走到小巷子里，那里的华侨老爷爷、老板娘，把我当成普通的日本人，真是松了一口气。连新加坡都这样，巴黎就更好了。

秀子　我也常想，有客人就有生意，肯定有人会反问我，如果这么讨厌，不当女演员不就好了。

梦声　吃多了山珍海味，就想吃茶泡饭，一样的道理。时不时想得到普通人的待遇。

阿秀也是普通人

秀子 我也是普通人，想打弹珠，也没有装出什么不可一世的脸。但周围的人不让我当普通人。比如，我去买东西，别人要了高价，我也会在心里暗骂"什么啊，骗人精"，要是有人让了很多价，也会觉得对方是傻瓜（笑）。不管哪种情况，都会变得很别扭。能无视这些应对自如的，只有梦声先生这种人（笑）。睡在床上说"我还活着哦"（笑）。

梦声 你要是修炼到这一步，我得尊称你高峰秀子大人了（笑）……既然不是为了游学去的，也没有去游学，晃晃悠悠应该见识了不少东西吧。

秀子 我去的时候是夏天，冷清得很。十月中旬开始，活动多了，但那时候我已经开始准备回家，也没去什么地方。不过歌剧啊那些都去看过了。要是去个半年就能大有收获，大家都要奔去了（笑）。总之，我喜欢懒懒散散。因为我就是个很懒的人。整天就是玩，也没有工作。

梦声　我从小就想当个懒人，但生活所迫，没能当上。
出于逆反心理，我很崇拜懒人。一般人类都是懒人吧。

秀子　我一个人晃晃荡荡了半年，想着应该开始拍电
影了吧，谁知根本没有心情，都不想再拍了。我就是
个彻头彻尾的懒人。歌剧和芭蕾可以出钱去看，但一
点没有去看电影的心情。

梦声　那，在巴黎就没看过什么电影吗？

秀子　《乐园的孩子》《明天太迟》……大学老师的夫人，
带我去看的电影还是不一样的（笑）。"啊，夫人莫非是
给我阿秀做性教育吗？"她又带我去动物园。电影一共
就看了五六部。

梦声　一个月不到一部。那看了什么演出呢？

秀子　是中原先生叫我去的。歌剧演完要到十二点半，
自己一个人去看有点危险。我在巴黎，有点晕乎乎的，
掉了好多东西。钢笔掉了两次。在东京，我都可以捡

到钢笔（笑）。

巴黎的男女

梦声　为什么要带你去动物园呢？

秀子　他们觉得我是个孩子。我可真是不容易。还有人说我是黑珍珠，因为我眼睛是黑的。真是讨厌。别人说这话的时候，我都不知道该露出什么样的表情（笑）。刚到的那天，老太太问："累吗？"我说"不累"，她说："你还年轻，就像是从棉铃里刚蹦出来的。"（笑）第二天是星期天，她说："我带你去个好地方。"结果就带我去了动物园。指给我看：这是长颈鹿，那是大象（笑）。你就想想我当时的脸色（笑）。

梦声　棉铃里蹦出来的高峰秀子，这又是第三个高峰秀子了（笑）。他们觉得你几岁啊，十四五岁吧？

秀子　没那么夸张，大概也就十六岁吧。

梦声　说起巴黎的女人，大家都觉得是世界极品。你觉得怎么样？

秀子　没看到很多漂亮的女人，不过都小巧可爱，胸和屁股都有。皮肤白得透明。我住在拉丁区，看到的都是学生，也没看到几个美女。偶尔见到一个大美女，那都是模特。还有就是来玩的美国人，我觉得很漂亮。

梦声　男人呢？

秀子　很脏，男人都（笑）。

梦声　巴黎人真不行啊。

秀子　日本男人要是去了，会很自豪呢。就是脏兮兮的感觉。穿白衬衫的人屈指可数。洗衣费很高，所以都穿黑衬衫（笑）。

梦声　战后大家都疲惫不堪啊。

秀子　嗯，真的是。穿得都不体面。

梦声　日本人的穿着也是最近才能看看。战争刚结束的时候，看到一个稍微体面点的人，都是外国人。

秀子　跟日本人的相似之处，是没有美国那种胖得吓人的人。

梦声　连让·迦本，体型也不大。

秀子　我见过皮埃尔·弗雷奈，个子也不高大，有点像森雅之，是个安静的好人。

梦声　电影里拍到的香榭丽舍大道和蒙马特高地，都非常漂亮，其实也不一定有那么好吧？

秀子　拍照片是非常好看的。

梦声　去了巴黎圣母院吗？

秀子　巴黎圣母院离我住的地方走十五分钟就到，我一直去。

梦声　（戳着脸颊伸出舌头做恶魔状）你看到恶魔了吗？

秀子　看到了，跟梦声先生一模一样（笑）。还真是亲切（笑）。（不知是喜是悲，说起来这也是我刚想到的段子。）

梦声　去卢浮宫了吗？

秀子　去了。去了三次都没看完。我经常去教堂。比起去看画，更喜欢去教堂。巴黎圣母院旁边的圣礼拜堂也非常美。

饭盒失败谈

梦声　你不在的时候，有人让我给你的宣传电影录音，里面有一段出现了信。信里说："为什么我没有好好去看奈良和京都呢？看到巴黎的教堂，我深深后悔。"好像写信的时候你是准备好好精进的，我读了那封信。

秀子　我写那样的信，是因为可以给人看（笑）。不过，至少有一半是真的。我没有去奈良和京都看过寺院。为了工作去，是没法好好看的。

梦声　有没有去看舞男？

秀子　那种地方，我都去不了。所以想要去听香颂也很不容易，得要去很偏僻的地方才有。没人带我去。

梦声　那有没有去听在日本有名的歌手演唱？

秀子 达米娅（Damia）当时有演出，但我没去看，好像是在很脏乱的地段演出。还有两三个规模很大的酒馆，有脱衣舞表演。

梦声 脱衣舞看了也不觉得有趣吧（笑）。

秀子 很无聊。

梦声 我连日本的脱衣舞都没看过，总是不好意思。

秀子 我在《卡门还乡》里演过脱衣舞女，当时去了"日本剧场"，在场的女人只有我一个。大家都露出一副同情的表情看着我。我当时觉得这地方也不是一无是处（笑）。脱衣舞女一到身边，观众就转头去看别处，避开她，太荒唐了（笑）。

梦声 那种时候，没有人能那么洒脱，笑着和脱衣舞女一起表演吧。巴黎是怎样的呢？

秀子 会一起开心。我去的地方是一个大酒馆，都是有钱人，大家见怪不怪，气氛轻松。去日本剧场时，只有我一个女人，看累了，还有灯打到我身上，我很不舒服，就回去了。比起看脱衣舞，还是看男人更有趣（笑）。

梦声　在巴黎有没有梦到过东京？

秀子　我是个很干脆的人，去了那边就去了，想回来也回不来。没有日本料理就不吃了。去餐厅，菜单看不懂，半年时间都在吃同一道菜（笑）。曾经想自己做菜，买了铝制饭盒回来，还有酒精灯。我从来没有做过饭，不知道怎么做。饭盒里放进一半米，盖子啪嗒啪嗒跳，我赶紧按紧（笑）。

梦声　饭盒没有裂开吗？

秀子　我放了两个鸡蛋进去，加上酱油和味精搅拌。吃了几口就不想吃了，留下七分，倒了茶进去，已经像一摊泥（笑）。真难为情。

梦声　饭盒里放一半米，一开始就瞎搞。

美国扣留记

秀子 一开始钱还很充足，吃饭去最贵的地方吃，坐着出租车到处乱转。过了两个月，开始担心起来，时不时要检查一下钱包。最后就变成一块三明治凑合凑合，一杯咖啡凑合凑合，出租车也不坐了。要么坐巴士，要么坐地铁。有八双鞋买来不合脚，我送了别人几双，还剩下几双，结果我提着那些鞋走到店里去卖（笑）。怎么样？

梦声 这也是一种体验。"喂，鞋要吗？"不是沿街叫卖吧？

秀子 去鞋店问："这鞋收不收？"大家都这么干。但是卖不出去。吃了三天三明治和意面，第二天就想去好地方，吃三千日元的大餐（笑）。

梦声 什么样的三明治？

秀子 把状似纺锤的硬面包切开，塞进一片薄薄的火腿。就这样。咬得下巴都疼了（笑）。（使尽全力咬硬石头一样的面包的表情十分有趣。）吃东西真是一件很无聊的事。去了美国，三明治也是软乎乎的面包里夹着菜，好吃是好吃。

梦声 到了美国，听说立马因为签证的问题进了监狱？

秀子 之前，没有驻日盟军的许可，不能延长签证期限，去华盛顿或是其他地方，都要向驻外事务所提出申请。我正好卡在时间点上，当时还在天上。因为这些差错，最后变得乱七八糟，在埃利斯岛的监狱（移民扣留所）待了两天。见识了许多场面，很有意思。那地方叫天天不应叫地地不灵（笑）。我的运气还不错。

梦声 你是怎么被带去的？

秀子 从飞机场到纽约的一个小港口，车送我去的。"这边走。"我就跟着，到了一个大房间。刚坐下来，房间就动了。"哎呀。"我吃了一惊，原来是艘船（笑）。到了监狱，看守们的态度非常好。"有很多不同人种的人，带着钱不好，先存在这里。"说着就接过我的钱，塞进信封放进了金库。然后就带我去了房间。（用手画了一个大圆圈）手里拿着一大串钥匙的人跟着我（笑）。打开门，走，打开门，走，就像接力赛，我跟着他（笑）。

梦声　是一个人的房间吗？

秀子　不，进去是一个大房间，就像宾馆的大厅。到了这里，负责的阿姨说："欢迎来这里。"（笑）还有洗手间和淋浴，去了就发给我两套毛巾。有电视，还有网球场，有美国烟，有可口可乐，床上的床单每天都换，一点都没有什么不方便。

梦声　这不是比自己出钱住的旅馆还好吗？（笑）

秀子　离开巴黎的前一周，我忙得睡不着觉。到了美国，立马进了监狱，睡得很沉（笑）。一到纽约，一下子被带到这种吓人的地方，见识了大场面，筋疲力尽了吧。所谓监狱，也并不是关罪犯的地方，有签证出问题的人，有政治嫌疑的人，都是这样的外国人。

梦声　要是把罪犯放到这么好的地方，我们都要去犯罪了（笑）。

秀子 进去的人有一千多个吧。我去食堂，会给我的托盘上放很多食物，站不稳会给我拉椅子，大家都很友好，毕竟我是个美女（笑）。如果是梦声先生，就不知道怎么样了（笑）。

梦声 哎呀，要是我，更了不得了，会带我去更豪华的房间。会说："这是某位教宗吧，请拯救我的灵魂。"（笑）……一回来，你又马上开工了？

阿秀的如意郎君？

秀子 我接了要在朝日播出的《清晨的波纹》。还是想都试试，今年的工作排得满满的。不然的话，就没钱了……还要建房子，我还借了点钱，在法国的时候。要还钱，还要付去年的税。

梦声 为了建房子和还钱，毫不犹豫拼命赚钱，然后……

秀子 再去法国吧。

梦声 去出瘾来了，明年要开始好好工作了。再去也不是不行，回来还要再建房子就太折腾了（笑）。

（她忽然摆出一张严肃脸）

秀子　现在我想的是结婚的事。从小我就听说过很多不好的传言。"男人就那么回事，结婚很无聊。自己工作的话，结婚反而麻烦。"我就有了这样的想法。不过，老是这么说的话，渐渐就没有人肯接手我了。

梦声　不过，男人都是笨蛋，不管内在怎样，只要有名声就会有人来接手。

秀子　我很讨厌那样。

梦声　要嫁给自己也觉得不错的对象，还是不要过三十为好（笑）。

秀子　过了三十还要干这行，我也不想。女人不管当国会议员，还是当女先生，孤单一人还是不行。

梦声　要是觉得有人当自己的丈夫还不错，那还是把结婚当正经事吧。今年还钱，明年创造一件艺术品，比以前的作品更优秀的，然后，让一个迷得不得了的男人……应该会遇到吧（笑）。适当的时候可以收手了。把一切都当作实验。试婚（笑）。

秀子　说得倒轻松。你自己算是实验过了（笑）。

梦声　不，我实验过了，并没有灰心丧气（笑）。能在一起生活十年以上的男人，基本上都是理想的丈夫。对妻子来说，丈夫是老爹，又是儿子，还是朋友，这样最好。我们就是这么践行的（笑）。

秀子　女人和丈夫两个人设计生活，真是梦想中的事。所以女人条件好点，但态度谦卑一点更好。男人在外面筋疲力尽，回家很想撒娇，有母性温暖的女人真好……大家都结婚了。都比我厉害。

梦声　首先，跟阿秀结婚的人，得是个绝世美男子，头脑聪明，又会吵架，钱花不完，又精力绝伦……这种人哪里有啊（笑）。所以只能退而求其次。这样的话，就是要找个自己能尊敬的人。

秀子　尊敬是第一位的。

梦声　要是这样也不行，那就反过来，找个自己疼爱的男人，不管年纪大小，就像个少爷一样，自己丢不开的男人。高峰小姐虽然说话直爽，其实会是个很贤惠的太太。

秀子　嗯，真的真的。所以，要是和奇怪的男人结了婚，太浪费了（笑）。

后　记

　　既然为了留下回忆，去了巴黎，何不把这些回忆写成一本书？在电影世界社的好意邀请下，我把自己脑中所想、随意记下的片段，结集成了这本书。

　　读了这本书的朋友们，我一个人在巴黎，有寂寞的时候，不过我更喜欢把快乐献给大家。我的工作、我的生活，我的命运，都是在那颗星星下诞生的。

　　要是我的回忆能给你带来快乐，我会不惜把这本书的书名改掉，改成"快乐巴黎"。

　　扉页上这本书的法语书名，是渡边一夫先生好意帮我写下的，我原样借用了。

高峰秀子

那六个月，是她人生的分界线

——献给亡母高峰秀子

　　我真是后知后觉，直到现在，才意识到这本书在高峰秀子的人生里占有多么重大的意义。

　　昭和二十八年①二月五日，这本书才作为单行本由电影世界社首次出版。内容是在此两年前，昭和二十六年六月到翌年一月，高峰在纽约、华盛顿、洛

---

① 即公元 1953 年。

杉矶、夏威夷度过的七个月间的日记。

书名里有"巴黎"，近六个月的时间，她在法国首都的生活，占了这本书的大部分内容。

昭和二十六年六月，高峰二十七岁。拿现代女性来说，正是出了社会的第五第六年。但是，她已经作为社会人工作了二十二年，参演了二百多部电影，已经是一位经验老到的电影女演员。

她曾被誉为"天才童星"，作为少女明星成为众人憧憬的对象，也拍完了后来成为自己代表作的《卡门还乡》，作为女演员已经建立起了稳固的地位。她正处于忙得不可开交的时候，到出发去法国的六月之前，昭和二十六年这一年她已经拍了四部电影。

正是脱不出身的时候，为什么特地去了遥远的巴黎呢？而且去了半年。

这个问题的答案，正体现了这本书的重要性。

首先，这本书是高峰人生的处女作。

当时一定没有想到，在此之后，她一生写了二十五本书。也就是说，这本书是高峰秀子迈向"随笔名家"的第一步，是颇具纪念意义的一本。

其次，这是高峰秀子单身时代的唯一著作。

后来的作品，都是跟松山善三结婚后写的。

结婚前后，女人的心境是不一样的。

特别是高峰秀子，心情大不一样。

她从独行的孤独荒原，走进了安宁的幸福世界。

更为重要的，是写下本书这一举动。

这个举动，让女明星高峰秀子，还有平山（旧姓）秀子这个人，有了强烈的自我觉醒。进一步说，去了法国以后，到高峰去世为止，她获得了一辈子再未动摇过的"自我"。

"没有人打电话，也没有访客。我感觉完全回到了自己的世界。"

"一次也没有人叫我阿秀或者高峰小姐。这让我感到轻松愉快。驻外事务所的人也叫我平山小姐，真是非常难得。"

二十七岁的她，困在"高峰秀子"这个角色里已经快要窒息。

前面两段话背后，我已经听到了二十七岁的秀子的惨叫。

不过，2007年，我带着这本书去法国，追寻她当年在巴黎的生活时，没有听到那惨叫。让我深切感受到她迫切想找回自己的，是我当时带着的另一本书，即她二十三年后写的自传《我的渡世日记》。本书里，当年高峰住的公寓在哪里，现在还存在吗？高峰在巴黎喜欢去哪些地方？这些对我来说只是想要收集的资料。

但是，现在，她去世了，再读这本书，这一个字一个字背后高峰的思绪，为了记下这些思绪而飞驰的笔，她握着笔的纤细右手，手所传达的高峰的心情……都有力地抓住了我的心。

二十七岁的高峰的文章，有时幼稚笨拙，像是偶像写的，跟我所知道的她相距甚远，像个生手。文章也没有形成风格，一会儿用口语，一会儿用文章体。文笔跟五十一岁时写的《我的渡世日记》不能相比。

但是，正因如此，文章中洋溢着高峰秀子尚未成熟时的青春活力。她对人生感到迷茫、痛苦，怀疑自己，失望，但还是要往前走，这是一个活生生的二十多岁的女性，招人喜欢。

她几乎没有写自己的心情，写实的笔调贯穿始终。

本来，高峰就不是在随笔里直接表露心声的人。不过，在五十一岁写的《我的渡世日记》中，上卷的前三章，四十九页里，她冷静地记下了自己去法国前无可奈何的现实，还有自己陷入绝境、不得不离开日本的心情。

二十七岁的高峰，还没有办法俯瞰自己的内心，迷失在旋涡之中。

就像不停奔跑以致筋疲力尽，气喘吁吁想要逃出敌手的年轻狮子，又像舔舐旧伤，带着一身光泽皮毛躺下的百兽之王。

不过，二十三年之后，仍有些东西从未改变。

那就是，她看到了什么。

"巴黎的素颜"一章中，她写了学生、卖气球的胖爷爷、卖花的老婆婆……不管在哪里，高峰秀子总是用带有无限爱意的眼神，看着身边的人，看着生活在巴黎街头的无名人士。那是她对自己求之不得的"普通人的生活"的羡慕和憧憬，或者还有自己永远与那世界无缘的悲哀。

还有她一辈子都有的好奇心。

"到了巴黎，一个人散步途中无意进了教堂，静静坐着，某种无形的力量就向我袭来。还有很多东西，我一无所知。如果就这样逃走也就算了，但我不想逃走，我想了解更多，不管是多么细微的事。"

这是二十七岁的高峰秀子在巴黎的六个月里的愿望。

书最后，在回国后她与德川梦声的对谈中，她说：

"女演员这一行做长了，却一无所获，也没意思。虽说有些感性，我就想去旅行一趟，留下人生中的回忆。"

活了二十七年，都没有留下回忆。

"没有人记得没关系。只要我自己想起来开心就行了。"

这是站在日本电影界顶端，全日本无人不识的明星的真面目。

只要有一点点回忆，今后也能继续站在荒野中，年轻的高峰似乎在这样说。真令人心疼。

但是，令人吃惊的是，在对谈结束前，她忽然一脸严肃地说：

"现在我想的是结婚的事。"

去法国前几个月拍的《卡门还乡》中,她第一次跟木下惠介导演合作,员工中,有年轻的松山善三。但是,扮演莉莉,和小林聪子两个人在浅间的丘陵间跳舞的高峰,还没有注意到在远处放牛的龙套副导演松山。

后来的《巴黎后记》收录了本书的大部分内容,高峰写道:

"我在巴黎重拾了结婚的心。"

到底是什么意思呢?我曾经问过。

高峰一脸若无其事地说:"我写过吗?"

她似乎毫不在意,也没有回答。

当时,我是这样理解的:她幸福得都忘了这些事了。她过着安宁的生活,那些往事对她来说已经无所谓了。

如果,在二十七岁那年,高峰秀子没有去巴黎呢——

书中有一段，写她感冒发烧，《渡世日记》里说，退烧之后，发现房间里有蜘蛛网，为了扫去蜘蛛网，她一个人去了杂货店买扫帚。记述得很详细。买好扫帚回来的路上，忽然看到夕阳，她不禁热泪盈眶。

"不能浪费这寂寞。总有一天，要把这寂寞当作快乐的回忆来怀念……不，一定会这样。"

作家泽木耕太郎跟高峰对谈的时候，曾经问：

"那么，怀念那时候吗？"

她毫不犹豫地说：

"当然。"

高峰的回答很平淡，却带着百分百的自信。我在现场记录他们的对谈，不由停下记笔记的手，看着高峰。

她脸上带着某种满足。

结束了半年的巴黎游学回到日本，高峰秀子又拍出了《二十四只眼睛》《浮云》等代表她五十年演员生涯的名作。

决定和小一岁的松山善三结婚，是在拍摄《二十四只眼睛》期间。

如果二十七岁的高峰没有去巴黎呢？

那就不会有后来的高峰秀子了。

日本电影史也不一样了。

这本书，就是高峰秀子成为高峰秀子之前宝贵的记录。

斋藤明美（松山善三、高峰秀子养女）

文库本寄语

一

文库本封面上高峰的脸——

说明了一切。

不清楚这张照片是她去巴黎多久后拍摄的。这张

照片上摆出的 pose，是"女明星"的姿态，但跟以前在

日本拍的，完全不一样。

没有一丝忧伤的影子。

晴朗明媚。

就算能有一瞬间露出这样的表情也好，"为了这个理由"，二十七岁的高峰独自来到了巴黎。

"人啊，在人生这场旅途的某个站台，会有忽然停下来的时刻吧？女人可能是皮肤忽然不再光泽如初的那一天，男人可能会想要定一下以后的计划。那就是二十五六岁的时候。"

高峰曾经这么说。

实际上，不只是"忽然停下来"，高峰面对自己所处的境遇，面对自己并非自愿承担的"高峰秀子"的宿命，已经在内心大声尖叫，到达了极限。

忽然决定去巴黎，是在二十七岁这一年，这就是高峰自己所说的，在人生旅途中忽然"停下来"的站台。

封面上高峰秀子站立的住处的阳台，三年前我也曾站在那里。

六十年前已经消失的年轻的高峰留下的气息，让我产生了一种错觉，分外留恋。

不会再次重现的二十七岁的懊恼，高峰把它写了下来，跟这本可爱的文库本一起复苏，这令我深深感谢。

斋藤明美
平成二十七年四月在夏威夷

Parihitoriaruki

By Hideko Takamine

Copyright © 2015 Akemi Saito

All rights reserved.

First published in Japan in 2015 by KAWADE SHOBO SHINSHA Ltd. Publishers

Simplified Chinese translation rights arranged with KAWADE SHOBO SHINSHA Ltd. Publishers

through CREEK & RIVER Co., Ltd. and CREEK & RIVER SHANGHAI Co., Ltd.

著作权合同登记号桂图登字:20 - 2023 - 044 号

图书在版编目(CIP)数据

一个人的巴黎/(日)高峰秀子著;安素译.—桂林:广西师范大学出版社,2023.9

ISBN 978 - 7 - 5598 - 6071 - 2

Ⅰ.①一⋯ Ⅱ.①高⋯ ②安⋯ Ⅲ.①随笔 - 作品集 - 日本 - 现代 Ⅳ.①I313.65

中国国家版本馆 CIP 数据核字(2023)第 096475 号

一个人的巴黎

YIGEREN DE BALI

出 品 人:刘广汉   责任编辑:刘 玮

助理编辑:陶阿晴   装帧设计:李婷婷

营销编辑:徐恩丹

广西师范大学出版社出版发行

（广西桂林市五里店路9号   邮政编码:541004
网址:http://www.bbtpress.com）

出版人:黄轩庄

全国新华书店经销

销售热线:021 - 65200318   021 - 31260822 - 898

山东临沂新华印刷物流集团有限责任公司印刷

（临沂高新技术产业开发区新华路1号   邮政编码:276017）

开本:787 mm×1 092 mm   1/32

印张:6.5   字数:75 千

2023 年 9 月第 1 版   2023 年 9 月第 1 次印刷

定价:69.00 元